내 한계를 정하지 마

내 한계를 정하지 마

초판 1쇄 인쇄 2024년 12월 24일 **초판 1쇄 발행** 2025년 01월 10일

글 미야세 세르트바루트 **그림** 셈 키질투그 **옮김** 손영인

펴낸이 이상순 **주간** 서인찬 **영업지원** 권은희 **제작이사** 이상광

펴낸곳 (주)도서출판 아름다운사람들 **주소** (10881) 경기도 파주시 회동길 103
대표전화 031-8074-0082 **팩스** 031-955-1083

이메일 books777@naver.com **홈페이지** www.book114.kr

ISBN 978-89-6513-815-0   73830

_____

이 도서의 국립중앙도서관 출판예정도서목록(CIP)은 서지정보유통지원시스템(http://seoji.nl.go.kr)과
국가자료종합목록구축시스템(http://kolis-net.nl.go.kr)에서 이용하실 수 있습니다. (CIP제어번호 : CIP2020046116)

내 한계를
정하지 마

미야세 세르트바루트 글 | 셈 키질투그 그림 | 손영인 옮김

아름다운사람들

차례

1. 여긴, 나와 맞지 않아

리틀 블랙 로봇은 키가 1미터밖에 되지 않지만 팔은 2미터까지 늘어나요. 이 재능 덕에 리틀 블랙 로봇은 힘들이지 않고 창문을 닦을 수 있지요. 발밑에 달린 회전판을 이용해 리틀 블랙 로봇은 쉽게 바닥을 쓸고 청소도 할 수 있어요.

다른 로봇은 전부 회색인데 리틀 블랙 로봇만 검은색인 데에는 특별한 이유가 없어요. 로봇 공장에서 페인트 통에 올바른 색이 들어가지 않아서 그렇게 된 거예요. 공장 관리자는 리틀 블랙 로봇을 채색 라인으로 돌려보내지 않았어요.

이런 작은 문제 때문에 다른 업무가 방해받을 수 있으니까요. 공장 관리자는 어렸을 때 읽은 책인 《리틀 블랙 물고기》를 떠올렸어요. 그리고 미소를 지었지요.

"이 로봇을 리틀 블랙 로봇이라고 불러야겠어. 리틀 블랙 물고기처럼 호기심을 가지고 세상을 바라볼지도 몰라." 공장 관리자는 혼잣말을 했어요.

리틀 블랙 로봇을 이 상태로 파는 건 어려울 것 같아 공장 관리자는 가격을 약간 낮췄어요. 그리고 로봇 목에는 화려한 구슬 목걸이를 걸어 고객의 시선을 끌어보려고도 했어요. 목걸이로는 부족할 것 같아서 새 깃털로 만든 귀걸이도 귀에 꽂아주었고요.

판매대로 가는 동안 리틀 블랙 로봇은 공장 관리자가 한 말을 떠올렸어요. '리틀 블랙 물고기처럼 호기심을 가지고 세상을 바라볼지도 몰라.'

로봇 매장을 구경하던 소르티크 호텔 총지배인의 눈에 리틀 블랙 로봇이 들어왔어요. '재밌어 보이는 로봇이네. 호텔 손님들이 좋아하실 거야.' 총지배인은 생각했어요. 꽤 저렴

한 가격을 확인한 총지배인은 기회를 놓치고 싶지 않았어요. 그렇게 목걸이와 귀걸이 하나를 찬 로봇은 호텔로 가는 차에 실렸어요.

리틀 블랙 로봇은 호텔 로비에서 일하게 되었어요. 리틀 블랙 로봇은 이 정식 이름 대신에 '로비'라고 불렸어요. 로비의 동료들은 첫날부터 로비가 다른 로봇과는 다르다는 것을 알아차렸어요. 색이 달라서 혹은 목걸이를 걸어서도 아니었고 새 깃털 귀걸이 때문에도 아니었지요. 리틀 블랙 로봇은 모든 걸 궁금해 했고 쉬지 않고 질문했어요. 커피 머신이 어떻게 작동하는지 알고 싶어서 몇 분이나 쳐다보기도 했어요. 로봇 웨이터와 인간 웨이터가 들고 가는 쟁반에는 뭐가 있는지 살피기도 했지요. 무인 카메라보다 더 호텔로 들어오거나 밖으로 나가는 사람들을 신경 쓰기도 했어요.

다들 호기심 많은 로비를 의아하게 여겼지만 이내 로비를 진지하게 대하지 않았어요. 로비의 질문에 성의 없게 답하는가 하면 농담 섞인 답을 하기도 해서 의도치 않게 로비의 마음에 상처를 주기도 했어요. 그렇게 로비는 호텔에서 일한

지 세 번째 되는 날에 호텔은 자기와는 맞는 곳이 아니라는 결론을 내렸어요. 로비는 일상에 활기를 더해 줄 무언가가 필요했어요.

그날 밤 아홉 시에 월식이 있을 거라는 사실을 알게 된 로비는 다시 기분이 좋아졌어요. 옥상에 올라가면 이 자연 현상을 목격할 수 있을 테니까요. 달 표면에 지구의 그림자가 어떻게 나타날지 로비는 궁금했어요.

그날 아침, 이미 호텔 손님 대부분이 옥상에 올라가는 사람 명단에 자신들의 이름을 올려뒀어요. 모두 매우 들떠 있었지요. 호텔 손님이 아니더라도 총지배인의 허락을 받아 옥상에 올라가기로 되어 있는 사람들도 있었어요. 미리 망원경과 쌍안경을 준비한 이들도 있었고요. 이런 도구가 없어도 특별한 장면을 볼 수는 있겠지만 더 가까이 본다면 무척 흥미로울 거로 생각한 거예요. 지구가 해 앞을 지난다든지, 달에 붉은 그림자가 드리워지는 일은 흔하게 일어나지 않으니까요.

더 많은 사람이 호텔로 들어오자 초록색 카펫은 금방 더러

위졌어요. 먼지투성이 신발 자국에 부스러기, 누군가 밟은 껌, 휴지, 이쑤시개까지…, 로비는 바닥이 깨끗해지도록 쉬지 않고 일해야 했어요. 청소를 끝내고 나서 로비는 엘리베이터로 가 호출 버튼을 눌렀어요. 하지만 엘리베이터는 전혀 움직이지 않았어요. 로비는 버튼에 문제가 생겼나 싶어서 다시 더 세게 눌렀어요. 하지만 버튼은 잘 작동하고 있었어요. 문제는 규칙이 있다는 거였어요. 엘리베이터 오른쪽 칸에서 경고 목소리가 나왔어요.

"너에겐 문을 열어줄 수가 없어, 꼬맹아."

"왜?"

"넌 로비 로봇이니까. 다른 데는 갈 수 없어."

"내가 로비 로봇이란 건 알아. 하지만 나도 옥상에서 월식을 보고 싶은 걸. 월식 보고 내려올게. 올라가게 해줘, 로보 베이터!"

"참 낭만적이네, 월식에는 왜 그렇게 관심이 있는 거야?"

"낭만적인 게 아니야. 지구·태양·달에 대해 알고 싶어서 그래."

"네 세상은 여기 로비야. 다른 곳은 너와는 상관없어. 네게 엘리베이터 문을 열어주면 난 규칙을 어기게 돼. 바쁘니까 귀찮게 하지 마."

로비는 엘리베이터 문에서 커피 머신이 있는 곳으로 갔어요. 커피 머신과 이야기를 나눌 생각이었거든요. 커피 머신은 바퀴 네 개로 이동하는 장치였어요. 손님이 피곤해 하지 않도록 직접 손님에게 가서 커피를 제공했지요. 음료를 오십 가지나 만들 줄 알았어요.

"오늘 밤 월식이 있다는 거 알고 있어?" 로비가 물었어요. "다들 옥상으로 올라간대."

"넌 호기심이 참 많아. 옥상에서 무슨 일이 있는지는 왜 그렇게 신경 써? 네 할 일이나 해." 커피 머신인 커피메이트가 말했어요.

"호기심이 많은 게 어때서? 호기심이 없으면 아무것도 배우지 못할 거야. 오늘 밤은 로비 천장이 아니라 하늘을 보고 싶어. 내 삶에도 새로운 일이 생겼으면 좋겠어."

"우리는 지루한 삶을 살고 있다는 말이구나." 커피메이트는 대꾸했어요.

"우리는 매일 똑같은 일만 반복해야 해. 새로운 일은 절대로 일어나지 않고."

"적어도 난 질문을 하며 남을 짜증나게 하지는 않지."

"그게 무슨 말이야? 내가 너희를 짜증나게 한다는 거야?"

조금 떨어진 곳에 있던 엑스레이 스캐너가 이 질문에 답했어요.

"당연히 우릴 짜증나게 하지. '이 전선은 어디로 연결되는 거야? 이건 어떻게 작동해? 호텔에 환기구는 설치돼 있어? 층마다 방은 몇 개가 있어?' 넌 마치 호텔에 점검 나온 거 같아."

"하지만, 정말로 알고 싶어서 물어보는 거야." 로비는 말했어요.

그때 꽃에 물을 주는 드론인 시드론이 로비 머리 위로 빙글빙글 돌며 대화에 끼었어요.

"넌 안이나 밖이나 이상해. 널 봐. 난 귀걸이를 한 로봇은 처음 본다니까. 게다가 목걸이까지 했어. 겉모습만 이상한 게 아니라 네 생각도 이상해."

리틀 블랙 로봇은 시드론이 언제든 물을 뿌릴 것 같아서 자리를 떴어요. 그리고 엑스레이 스캐너인 레이에게 갔어요. 레이는 다른 로봇보다 이해심이 더 큰 것 같았거든요.

"오늘 이 문을 지나간 사람이 많지?" 로비가 물었어요.

"맞아. 정확히 102명이 지나갔어." 레이가 답했어요.

"좋아! 그렇게 사람 수를 셌다는 건 너도 나처럼 호기심이 있다는 거야. 그러니 결국에 우린 서로 그렇게 다른 것도 아니야."

"호기심이 생겨서 센 게 아니야, 이 멍청아. 난 자동으로 사람 수를 기록해. 도대체 누가 네 프로그램을 설정한 거니? 내가 엑스레이 스캐너로 일한 지 50년이 넘었는데 너 같은 로봇은 본 적이 없어. 묻고 또 묻고. 네가 알면 뭐가 달라지는데? 네가 할 일은 먼지를 터는 거야. 로봇은 궁금해 하지도 않고 질문도 하지 않아. 자기 할 일을 하고 누가 뭘 물어볼 때만 답하면 돼. 로비, 넌 불량이야. 하지만 넌 이조차도 모르겠지."

"왜 날 이해하지 못하는 거야? 난 세상에서 일어나는 모든 일이 궁금한 거라고."

그때 막 손님 한 명이 호텔로 들어와 레이는 손님의 여행 가방 검사를 시작했고 리틀 블랙 로봇이 하는 말에는 신경 쓰지 않게 되었어요.

아무도 자기 말을 듣지 않는다는 것을 깨달은 로비는 근처에 떨어져 있던 올리브 씨를 빨아들였어요. 그러면서 씨가 어디서 왔을지 생각하게 되었지요. 아침 식사 시간에 식당 바닥에 떨어진 걸 누군가 밟았고 신발에 붙어 있다가 로비까지 오게 됐을 거예요. 하지만 그전에는 어디서 왔을까요? 로비는 그전에 무슨 일이 있었을지 상상해 보았어요. 당연하게도 올리브 열매는 올리브나무에서 자랐을 거예요. 처음에는 꽃봉오리였다가 열매로 영글었겠지요. 올리브는 익어가며 초록색에서 붉은색으로, 이어서 검은색으로 변했고 떫은맛도 줄어들었을 거예요. 그리고 인간 농부들이, 어쩌면 로봇 농부들까지 와서 올리브를 수확했겠지요. 열매를 따며 노래를 불렀을지도 몰라요.

리틀 블랙 로봇은 머나먼 언덕에서 흘러나온 선율이 자기 귀에 들리는 것 같았어요. 호텔에서 나와 그 음악을 따라갈 수 있다면 얼마나 좋을까요. 그렇게 먼 곳이 아닐 수도 있어요. 건물 몇 곳만 지나면 언덕이 있고 그 위에 올리브나무가 있을지도 몰라요. 로비 뱃속 먼지 통에 담긴 씨의 어머니는 그 올리브나무 중 하나일 수도 있겠지요. 로비는 고개를 숙이고 먼지 통을 들여다봤어요. 그리고 올리브 씨에게 말을 걸었어요.

"씨야, 네 어머니 찾아줄까?"

물론 씨는 아무런 대답도 하지 않았어요. 로비가 대신 답했어요.

"그래 주면 좋을 거 같아. 우리 어머니는 해와 별과 구름을 좋아하셨어. 그리고 다른 모든 올리브나무의 사랑을 받으셨지."

"네 어머니는 월식을 보신 적이 있니?"

"아, 물론이지. 그것도 여러 번 보셨어!"

자기가 대신 대답한 씨의 말을 들으며 로비는 다시 자기

삶에 관해 생각했어요. 로비는 월식을 한 번도 보지 못한 채 죽게 될까요? 고철이 될 때까지 이 호텔에서 청소만 하게 될까요? 로비가 할 수 있는 경험은 제한되어 있었어요. 안내대, 식당, 회전문, 커피 머신이 있는 곳까지만 갈 수 있었지요. 들을 수 있는 것도 제한되어 있었어요. 클릭 소리, 경고음, 신용 카드 결제 소리, 엑스레이 스캐너가 작동하는 소리, 드론의 윙윙거리는 소리 정도로요. 하지만 로비는 더 많은 것을 원했어요. 언덕까지는 가지 못해도 공원에 앉아 시간을 보내고 싶었어요. 새 지저귀는 소리, 빗물이 내는 주르륵 소리, 나뭇잎 바스락거리는 소리, 바람 부는 소리에 잠이 들거나 깨고 싶었어요. 로비는 지금 있는 곳이 감옥처럼 느껴졌어요.

로비는 여행 가방을 들고 호텔로 들어오는 사람들을 부러운 눈으로 바라보았어요. 그들은 다른 도시를 떠나 이곳으로 오느라고 먼 길을 여행한 것 같았어요. 비행기를 타고 왔을 수도 있고 아니면 버스나 자기가 운전한 자동차를 타고 왔을지도 몰라요. 로비는 그들처럼 여행하고 싶었지만 실제로는 호텔 정원으로 나간 적도 없어요.

로비가 이렇게 생각에 빠져 있는데 고양이 한 마리가 호텔 정문으로 들어왔어요. 꼬리를 깃대처럼 꼿꼿하게 세운 고양이였어요. 고양이는 활 모양 엑스레이 스캐너를 통과하지 않고 스캐너 옆 틈으로 들어왔어요. 고양이의 이름은 커들스로 호텔 총지배인이 키우는 고양이예요. 커들스는 어디로든 들어가거나 돌아다닐 수 있고 어디에서든 잘 수 있었어요. 물론 손님방만 빼고요. 커들스는 로비에게 다가와 냄새를 맡더니 식당으로 향했어요. 커들스는 배가 고프면 호텔로 들어오거든요.

로비는 엑스레이 스캐너를 보고 고양이를 가리키며 말했어요.

"쟨 참 좋겠다. 밖에서 뭘 보고 경험할까?"

"다른 데 그만 좀 신경 써. 넌 참견하기 좋아하는 인간 같아."

"그저 수다 떠는 게 아니야. 얘기를 나누면서 무언가를 배울 수도 있다고."

"청소 로봇이 더 배워서 뭐해?" 레이가 대꾸했어요.

"뭐야? 나보고 생각 없이 빙글빙글 돌아다니기나 하라는 거야? 로봇처럼?" 로비가 물었어요.

레이는 웃음을 터뜨렸어요. "하지만 넌 로봇이잖아!"

레이의 말에 로비도 웃었어요. 분위기가 가벼워진 틈을 타 레이에게 좀 더 다가갔어요.

"넌 로보베이터랑 어떻게 지내?"

"잘 지내지. 어차피 우린 각자 다른 일을 하거든."

"로보베이터한테 내가 탈 수 있게 문 좀 열어달라고 해줄 수 있어? 옥상에 올라가고 싶어서 말이야."

"또 월식 얘기야? 이제 그만 잊어버려!"

"제발, 부탁 좀 들어줘."

"로보베이터는 뭐라고 했는데?"

"규칙을 지켜야 한다고 했어."

"로보베이터는 우리 중 규칙을 가장 잘 지키는 로봇이야. 허락하지 않을 거란 걸 예상했어야지."

"로보베이터는 날 미워하는 거 같아."

"로봇은 누굴 미워하지 않아."

"너흰 모두 무턱대고 지시를 따르기만 하지. 로봇은 미워하지도 않고, 궁금해 하지도 않고, 일터를 벗어나지도 않고. 하지만 난 그렇지 않아." 로비는 말했어요.

"그거야 넌 불량이니까. 로봇 매장에서 여기 총지배인을 속여 널 팔아버린 거야."

"속여 팔아넘겼다고? 나쁜 뜻이야?" 로비는 물었어요.

"그럴 수도 있고 아닐 수도 있고. '속여 팔아넘기다'는 품질 나쁜 상품을 팔거나 바가지를 씌웠다는 말이야."

"재밌다. 나도 이 표현을 하루빨리 써보고 싶어." 로비의 말에 둘은 다시 웃음을 터뜨렸어요.

로비는 자기도 엑스레이 스캐너였더라면 좋겠다는 생각을 종종 하곤 했어요. 레이는 사람들의 비밀을 알고 있기 때문이에요. 아무도 레이 몰래 무언가를 호텔 안으로 가져올 수 없어요. 레이는 가방 안에 양말이, 책이, 향수병이 얼마나 있는지 볼 수 있지요. 한 번은 가방 안에 총이 있는 걸 보고 "삐삐"하고 비명을 지르며 모두에게 위험을 알리기도 했어요.

레이와 농담을 주고받으며 용기가 생긴 리틀 블랙 로봇은 레이에게 조금 더 가까이 갔어요.

"난 꿈이 있어, 레이."

이 말을 진지하게 받아들이지 않은 레이는 다시 웃음을 터뜨렸어요. "조심해, 경고음을 울리는 수가 있어."

"웃지 마. 농담하는 거 아니야. 난 언젠가 밖으로 나갈 거야. 거리를 걷고 공원에도 갈 거야. 지나는 차들을 셀 거야. 사람들이 사는 집 창문을 들여다보고 그 안에서 무슨 일이 일어나는지 내 눈으로 직접 볼 거야. 저기 밖에서 무슨 일이 일어나는지 너무나도 알고 싶어."

"로비, 까불지 마! 널 그냥 두지는 않을 거야. 그리고 네가 정말로 나간다고 하자. 나가면 어떻게 되는지 알아? 넌 뭉개진 채로 돌아오게 될 거야. 아니면 로보캅이 네 팔을 붙잡고 호텔로 데리고 오겠지."

"로보캅? 그게 누구야?"

"법과 규칙을 어기는 자들을 붙잡는 로봇이야."

"내가 불법을 저질렀다고 생각하지 못할 거야. 그냥 내가 밖에서 일하는 거라고 여기겠지."

"과연 그럴까? 로보캅은 칩을 조회하는 장비를 가지고 다녀."

"칩을 빼면 되지."

"그러면 네 신원을 확인할 수 없게 되고 그렇게 널 붙잡을 이유가 하나 더 생기는 거야. 게다가 네가 직접 칩을 뺄 수도 없어. 그런 헛된 꿈은 잊어버려! 난 절대로 네가 저 문 밖으로 나가도록 내버려두지 않을 거야."

"레이! 너도 날 미워하는 거야? 엘리베이터랑 다를 게 없구나!"

"난 단지 내 일을 할 뿐이야."

"그러면 잠깐 나가는 건 어떨까? 길거리로 나가는 거 말고 저기 정원까지만. 그건 하게 해줄래?"

"경고음을 울려서 다들 여기로 몰려들게 할 거야. 나가고 싶으면 나가 봐."

"경고음을 울리겠다면 넌 정말로 울리겠지. 그러니 안 나갈래."

로비는 이 말을 하고 시선을 돌렸어요. 열린 문으로 새 깃털 하나가 날아들어 왔어요. 깃털은 공중에 잠깐 떠 있다가 천천히 내려왔어요. 로비는 깃털이 바닥에 닿을 때까지 기다렸어요. 깃털이 카펫 위에 내려앉자 로비는 먼지 통에 깃털을 담으러 갔어요. 하지만 커들스가 더 빨랐어요. 커들스는 깃털에 달려들더니 입에 물고 가버렸어요.

"고양이가 이겼네." 레이가 말했어요.

"맞아. 고양이한테는 일이 아니라 놀이니까. 놀이는 재밌기 때문에 이기려고 애를 쓰게 되지. 반면에 일은 해야 하기 때문에 억지로 하게 되고."

"뭐야, 이제 철학 공부 하는 거야?"

"레이, 딱 한 번만 눈 감아 줘."

"뭘 눈 감아 달라는 거야?"

"내가 밖에 나가는 거."

"안 돼! 네 역할은 로비에서 일하는 거야."

"윽, 새 깃털보다도 자유가 없다니!"

"방금 못 봤어? 그 자유로운 것은 지금 고양이 뱃속에 들어가 있어."

"날 삼킬 수 있는 고양이는 없을 것 같은데?"

"있어. 널 먹을 수 있을 정도로 커다란 고양이는 있어."

"어디에 있는데?"

"당연히 고물상에 있지. 고장 난 로봇이 가는 곳 말이야. 밖에 나가고 싶다는 헛된 생각이 들면 이걸 기억해."

리틀 블랙 로봇은 대화가 지루해지자 기분이 썩 좋지 않았어요. 로비는 레이에게서 물러나 식당을 청소하러 갔어요.

이렇게 되자 로비는 기대를 완전히 접었어요. 하지만 뜻밖의 일이 벌어졌어요. 저녁 여덟 시 반, 휠체어를 탄 나이 든 여성이 소르티크 호텔 정문 앞에 나타났어요. 예마 부인도 월식을 보러 옥상에 가겠다고 신청한 것이지요. 하지만 나이가 많고 휠체어를 타고 있어 도움이 필요했어요. 몰려든 사람들로 로봇들은 바빴고 예마 부인을 옥상으로 모시고 갈 수 있는 로봇은 조회되지 않았어요. 그래서 중앙 시스템은 리틀 블랙 로봇에게 신호를 보냈어요.

"너에게 예마 부인을 옥상으로 모시고 가는 임무를 배정한다."

로비는 믿기지 않았지만 완전히 마음을 놓지는 않았어요.

"하지만 엘리베이터가 문을 열어주지 않을 거예요."

"엘리베이터에도 알렸다. 엘리베이터 사용을 허락한다."

신이 난 로비는 두 팔을 뻗어 휠체어를 단단히 잡았어요. 그리고 엘리베이터 문 앞으로 가 호출 버튼을 눌렀어요.

"자, 로보베이터. 문을 열어주지 않으면 큰일 날 거야."

엘리베이터 문이 열렸어요.

흥분한 로비는 휠체어를 힘껏 밀었어요. 휠체어가 덜컹거리자 예마 부인은 작은 비명을 질렀어요.

"살살 밀어야지, 검은색 로봇아!"

"죄송해요." 로비가 말했어요. 로보베이터가 옥상으로 올라가는 동안 이를 기회 삼아 로비는 로보베이터를 약 올렸어요. 다행히 예마 부인은 둘이 주고받는 얘기를 듣지 못했어요.

"웬일이야? 문 열어준 거 보니 위에서 지시를 받았나 보네?"

"오늘은 네가 운이 좋은 거야. 으쓱거릴 필요 없어. 매번 운이 좋진 않을 테니까."

"내가 어떻게 으쓱거리지 않을 수 있겠어. 월식을 보러 가는데."

"머리가 하늘에 닿을 것 같은 기분이 드니? 원래 그랬듯 넌 로비로 내려가 청소 로봇으로 살아갈 거야."

"맞아. 하지만 이건 달콤한 일탈이야. 지금 난 무지개 천 개를 삼킨 듯한 기분이 들어."

"어휴, 너 시인이라도 돼?"

"아니, 하지만 새로운 표현을 배우는 걸 좋아해. 오늘은 '속여 팔아넘기다'라는 표현을 배웠어. 이 표현을 문장에 써볼까?"

로보베이터는 대답하지 않았지만 로비는 말을 이어갔어요.

"휠체어 가게에서 예마 부인에게 휠체어를 속여 팔아넘겼다. 왜냐하면 이 휠체어는 전동 휠체어가 아니기 때문이다."

로보베이터는 웃음을 참을 수 없었고 그렇게 엘리베이터는 약간 흔들렸어요. 예마 부인은 투덜거렸어요. "소르티크

호텔은 최신식 장비만 갖춘 줄 알았는데 내가 잘못 생각했나 보네. 엘리베이터가 다 흔들리는군."

이 말에 로보베이터는 노닥거리기를 그만하고 일에 집중 했어요. 15층에 도착하자 로보베이터는 문을 열었고 예마 부인은 로비의 도움으로 엘리베이터에서 내렸어요. 80명 정도 가 옥상에 모여 있었는데 다들 나이 든 부인이 탄 휠체어가 지나갈 수 있도록 길을 내주었어요. 리틀 블랙 로봇은 자기 를 위해 길을 내준 거라고 생각했어요. 이번에는 행운의 여 신이 자기한테 미소를 지어주었다고요. 하지만 그 이후에는 어떻게 될까요? 다른 사람을 데리고 다녀야 꿈을 이룰 수 있 게 될까요? 로비 스스로는, 로비 혼자서는 꿈을 이룰 수 없을 까요?

"여기 참 좋구나." 예마 부인이 말했어요.

로비는 휠체어를 고정시켰어요. 그리고 다른 사람들처럼 하늘을 올려다보았어요. 커다란 손전등 같은 달이 하늘에 걸 려 있었어요.

"이제 곧 거대한 재규어가 나타나 달을 삼킬 겁니다." 구경하던 사람 중 한 명이 이렇게 말했어요. 사람들은 이 비유에 웃음을 터뜨렸어요. 이어서 지구의 그림자가 천천히 달을 가렸어요. 로비는 자신의 그림자가 달을 가리는 그림자의 일부가 되는 상상을 했어요. 로비는 마치 재규어의 일부가 된 것 같았어요. 이 신비로운 현상에 관해 더 알고 싶어졌어요.

맞아요, 달을 삼키는 재규어를 떠올리는 건 좀 무서운 거 같아요. 하지만 월식에 관해 더 배운다면 덜 무섭겠죠. 더 배우려면 세상을 이해하고 새로운 사람을 만나야 해요. 이렇게 흐른 생각은 늘 같은 결론을 맺었어요.

호텔 로비는 로봇 로비와는 맞는 곳이 아니라는 결론 말이에요.

2. 발전기 친구, 제나

옥상에서 멋진 밤을 보낸 리틀 블랙 로봇은 며칠 동안 기분이 좋았어요. 리틀 블랙 로봇은 로비에 있는 로봇 친구들에게 자기가 본 것을 얘기해 주고 싶었지만 로봇들은 늘 그래왔던 식으로 반응했어요. 리틀 블랙 로봇의 말을 듣지 않거나 농담거리로 삼았지요. 짜증이 난 로비는 청소를 하며 투덜대는 소리를 냈어요.

로비의 태도가 달라진 걸 알아챈 엑스레이 스캐너는 로비에게 말을 건넸어요. "화났어?"

"응, 너희 때문에 화났어." 로비가 대답했어요.

"아! 난 또 뭐 심각한 일 있는 줄 알았네." 레이가 말했어요.

"너흰 마치 벽돌 벽 같아! 그 어느 것에도 관심이 없어!"

"하지만, 넌 불평을 많이 하지. 그건 좋은 게 아니야."

"난 감정을 표현하는 거야. 내겐 그럴 권리가 있어."

그때 꽃에 물을 주는 드론이 대나무에 물을 준 후 날아왔어요. 로비가 한 끝말을 듣고 로비 위를 윙윙거리며 맴돌았어요.

"나 좀 볼래!" 시드론은 로비를 불렀어요. "혹시 네가 반항하는 게 네 몸 색깔 때문에 그런 거야? 넌 네가 열등하다고 생각하니?"

"내 몸 색깔은 전혀 상관없어. 내가 초록색 로봇이라고 해도 난 같은 기분이 들 거야."

시드론은 로비 위에 물을 살짝 뿌렸어요. "널 씻기면 회색이 될지도 몰라!"

로비는 대수롭지 않다는 듯 젖은 부분을 말렸어요. 그리고 시드론이 다른 데로 가자 레이에게 다가갔어요.

"가까이 오지 마. 가까이 오면 경고음을 울릴 거야." 레이가 말했어요.

"도망치려는 게 아니야. 여기 오면 밖을 더 잘 볼 수 있어서 그러는 거야."

손님에게 커피를 대접하고 막 돌아온 커피메이트가 레이에게 물었어요. "이 엉뚱한 녀석이 이번엔 또 뭘 하겠다는 거야?"

"늘 그랬듯 밖으로 나가고 싶대." 레이가 답했어요.

"나가게 둬. 어떻게 되는지 보게."

"그래! 내가 나갈 수 있게 해줘. 무슨 일이 생기는지 보게 해줘." 로비가 말했어요.

로비에 있는 모든 로봇에게서 웃음 신호가 나왔어요. 구석에 있던 카메라도 끼어들었어요. "이 검은색 꼬맹이는 앞으로도 오래도록 우릴 웃게 해줄 거야! 그러니 나가게 해서는 안 돼, 레이!"

그러자 로비가 말했어요. "너흰 다 바보야! 날 이해 하려는 대신 날 비웃기나 하지. 저 밖에는 크나큰 세상이 있는데 우린 이 쪼끄만 공간에 죄수처럼 갇혀 살아. 삶에 자유가 없어! 커피를 만들고, 가방을 검사하고, 손님을 등록하는 건 우리가 선택한 게 아니야. 더는 일하지 못하게 되면 뭘 기억하게 될까? 이 호텔 로비만 기억하겠지! 우리 삶엔 다른 무엇도 없을 테니까 말이야. 그건 내가 원하는 삶이 아니야!"

다들 조용해졌어요. 가장 먼저 다시 입을 연 건 커피메이트였어요.

"뭐 하는 거야? 옥상에 올라가서 월식을 봤다고 네가 무슨 특별한 로봇이 됐다고 생각 하나?"

"난 더 많은 걸 볼 거야. 언젠간 여기서 나가게 될 테니까." 로비는 대답했어요.

로봇들은 전부 다시 웃음을 터뜨렸어요. 특히 커피메이트는 웃음을 멈추지 못했어요. 커피메이트가 크림이 나오는 노즐을 로비에게 겨냥하자 로비의 가슴에 크림 거품이 흘러내렸어요.

로비에서 일하는 로봇들이 하도 웃자 중앙 시스템에서 경고 신호를 보내왔어요.

"잡담 그만! 모두 업무 복귀!"

리틀 블랙 로봇은 자기를 괴롭힌 행동을 가만히 보고 있을 수만은 없었어요. 로비는 자기보다 세 배는 더 큰 커피메이트에게 다가가 먼지 통에 모아 둔 먼지를 전부 뿜어 날렸어요.

커피 머신은 재빨리 뒤로 물러난 후 바닥에 쌓인 먼지 더미를 가리켰어요.

"이 멍청이야! 다시 청소해야겠네. 내가 아니라 너한테 일거리가 더 생겼다!"

"괜찮아. 기분이 나아졌거든. 게다가 방금 그 장면이 카메라에 저장됐다는 사실이 날 영원히 행복하게 해줄 거야."

"당장 내 앞에서 사라져! 너 정신이 이상해진 거 아니야?"

"너야말로 멍청해. 네 머리엔 커피 레시피밖에 없다고!" 로비가 대꾸했어요.

둘이 계속해서 다투고 있는데 엘리베이터 문이 열리더니 총지배인이 나왔어요. 커피 머신이 있는 쪽이 더러워진 것을 본 총지배인은 한쪽 눈썹을 치켜세우고 리틀 블랙 로봇에게 고개를 돌렸어요.

로봇 몸에 묻은 크림을 보고 총지배인은 화가 치밀었어요.

"무슨 일이야? 왜 이렇게 엉망이야! 너부터가 깨끗하지 않은데 다른 델 어떻게 청소하겠다는 거냐?" 총지배인이 소리 쳤어요.

로비는 두 팔을 자기 몸쪽으로 구부려 크림을 닦아냈어요. "작은 사고가 났는데요, 별일 아니에요."

커피 머신은 로비가 자기를 일러바치지 않자 안도의 한숨을 내쉬었어요.

총지배인은 사무실로 가다가 무언가를 떠올리고는 걸음을 멈추었어요. 총지배인은 리틀 블랙 로봇을 불렀어요. "여기 청소 끝내고 지하로 내려가. 발전기실이 아주 더러워."

로비의 눈은 기쁨으로 반짝였어요. 지하에는 한 번도 내려가 본 적이 없거든요. 그곳에서는 무엇을 발견하게 될까요?

"알겠습니다, 총지배인님."

총지배인은 자기 자리로 돌아갔어요. 자기가 한 짓이 리틀 블랙 로봇 덕에 들키지 않았다는 사실을 잊어버린 듯한 커피메이트는 리틀 블랙 로봇의 말을 따라 하며 놀렸어요.

"알겠습니다, 총지배인님. 알겠습니다, 총지배인님."

로비는 커피메이트에게 관심을 두지 않았어요. 몹시 들떠 있었으니까요. 지하에 있는 발전기는 어떻게 생겼을까요? 동료 로봇들과 비슷할까요? 자신과도 비슷할까요? 다른 로봇과 비슷하다면 대화는 짧게 나누고 얼른 청소한 후 자기 자리로 바로 돌아오기로 마음먹었어요. 호텔 로비는 적어도 호텔 정문과 가깝기 때문에 밖으로 나가고자 하는 희망을 계속해서 품고 있을 수 있거든요.

로비는 초록색 카펫을 덮은 먼지를 흡수해 먼지 통에 모은 다음 스케이트를 탄 것처럼 엘리베이터 문으로 미끄러지듯 움직였어요. 그리고 호출 버튼을 누르며 로보베이터에게 장난스럽게 말했어요. "열려라, 참깨! 어서 열어!"

로보베이터는 문을 열어주었지만 로비를 가만히 두지는 못했어요.

"이번에는 또 무슨 일로 이렇게 신이 나셨나? 넌 청소하러 가는 거지 놀러 가는 게 아니야."

"새로운 로봇을 만날 기회야. 그러니 이렇게 신나지." 로비는 대답했어요.

이 말에 로보베이터는 소리 내어 웃었어요. "제나한테 안부 전해 줘. 녹슬어서 죽지 않았다면 말이야."

로비는 이 말에 대꾸하지 않고 지하층 버튼을 눌렀어요.

엘리베이터 문이 열리자 로비 앞에 어둡고 축축한 공간이 나타났어요. 로비는 부서진 가구 사이를 지나 '발전기실'이라고 적힌 문 앞에 도착했어요. 언제나 예의 바른 로비는 문에다 두 번 노크했어요. 아무런 대답이 없자 로비는 다시 문을 두드렸어요. 그때 떨리는 목소리가 들려왔어요. "들어오세요."

로비가 문을 밀어 열었더니 불쾌한 경유 냄새가 훅 밀려왔어요. 로비 앞에는 많은 버튼이 달린 노란색 장치가 나타났어요. 작은 냉장고만한 기계였어요. 지하실 창문으로 들어왔을 게 분명한 새 깃털이 기계를 덮고 있었어요. 기계는 깃털을 뗄 수 있는 팔이 있었지만 깃털을 뗄 생각은 없는 듯했어요.

"안녕, 내 이름은 로비야. 여길 청소하러 왔어." 로비는 이렇게 인사했어요.

"그러니? 난 제나야. 마침내 누군가 여길 기억해 줬네." 제나가 말했어요.

"네 이름은 알고 있었어. 엘리베이터가 알려줬거든. 안부 전해달래."

"로보베이터를 만난 게 20년 전인데 아직 일하고 있구나. 넌 새로 왔니?" 제나가 물었어요.

"여기 온 지 정확히 21일 됐어." 로비가 대답했어요.

"날짜를 세는 걸 보니 여기 일이 따분하구나." 제나는 로비의 대답에 주목했어요.

"잘 맞췄어. 난 여길 떠날 생각이야."

"와, 정말 기대된다! 하지만 로봇은 보통 그렇게는 안 하지."

"지금은 그냥 꿈일 뿐이야. 하지만 언젠가는 도전해 보려고, 여하튼 청소 다 끝내고 마음껏 얘기 나누자." 로비가 말했어요.

"좋을 대로." 제나가 답했어요.

로비는 평소보다 더 신나게 청소했어요. 제나에게서 긍정적인 기운을 받아 힘이 났기 때문이지요. 제나는 다른 로봇처럼 호텔 밖으로 나가겠다는 로비의 계획을 조롱하지 않았어요. 깔깔대고 웃지도 않았지요. 로비는 돌아다니며 죽은 파리와 찢어진 거미줄과 먼지, 낙엽, 종잇조각을 치웠어요. 물탱크에는 말린 꽃 향을 뿌렸고 빗질한 곳은 걸레질도 했어요. 이어서 팔이 나설 차례가 되었어요. 발전기실에는 닦아야 할 물건이 없었기 때문에 로비는 벽을 닦기로 했어요. 벽을 걸레로 훔치자 벽을 덮고 있던 얇은 회색 막이 사라졌고 멋진 푸른 벽이 드러났어요. 벽을 다 닦은 후 로비는 제나 쪽을 바라봤어요.

"어때?" 로비가 물었어요.

"정말 좋아. 아주 잘했어." 제나가 답했어요.

"이제 네 차례야."

"난 청소를 못 해, 로비. 움직일 수가 없거든. 다리도 바퀴도 없어."

로비는 킥킥거렸어요. "청소하라는 게 아니야. 널 깨끗하게 해주겠다는 말이야. 네가 녹슬었을지도 모른다고 엘리베이터가 그러던데, 녹슨 것 같지는 않지만 먼지가 많이 쌓였네."

"엘리베이터가 표현은 그렇게 한 거고 실은 내가 일을 하지 않는다는 말을 하고 싶었을 거야."

"왜 일 안 해? 고장 났어?" 로비가 물었어요.

"아니. 전기가 끊겨야 내가 일을 하는데 한동안 전기가 끊긴 적이 없거든."

"그렇구나. 넌 예비 전력원이구나."

"맞아. 하지만 전기 공급 시설이 워낙에 튼튼해서 내가 할 일이 별로 없어."

로비는 할 줄 아는 실력을 다 보이며 발전기에 쌓인 먼지와 때를 닦아냈어요. 깃털도 치우려고 했는데 제나가 반대했어요.

"깃털은 그냥 둬."

"그래, 그냥 둘게. 깃털에 무슨 특별한 의미라도 있어?"

"난 덩치가 큰 기계야. 깃털을 보면 가벼워지는 기분이 들어."

"부적처럼?"

"응, 그런 것 같아. 네가 발전기실에 들어왔을 때 네 귀에 꽂은 깃털 보고 귀엽다고 생각했어."

"하지만 내 깃털은 부적이 아니야. 날 더 쉽게 팔려고 공장에서 장식해 준 거야."

"왜 널 파는 게 어려울 거로 생각한 거지? 청소 로봇을 필요로 하는 사람은 너무나도 많은데."

"난 검은색이어서 다른 로봇이랑은 다르니까."

"참 어리석은 이유네."

"내 말이. 우린 좋은 친구가 될 것 같다는 생각이 들어. 공통점이 많으니까."

로비는 발전기를 꼼꼼하게 닦으며 말했어요.

"새 기계가 되었네. 네 모습을 볼 수 있었다면 아마 마음에 들어 했을 거야."

"이것 봐, 서로가 거울이 되네. 몸에 내가 비치잖아."

로비는 몸을 구부려 자기 가슴을 보았어요. 발전기 모습이 검은 금속 덮개 위에 나타났어요.

"와, 내가 거울이 되어버렸네!" 로비는 이렇게 외치며 웃었어요. 그리고 제나 몸에 비친 자기 모습도 보았어요. "너도 내가 볼 수 있는 거울이 되었구나."

이번에는 둘이 함께 웃었어요. 그런 뒤 로비는 가장 궁금해 했던 질문을 했어요.

"여기서 아무것도 안 하고 기다리기만 하면 지루하지 않아?"

"처음에는 힘들긴 했는데 지금은 익숙해졌어."

"난 익숙해지지 않을 것 같아."

제나는 미소를 지었어요. "꿈을 꾸는 건 소중한 일이야."

"그냥 꿈으로만 남지는 않을 거야. 언젠가는 꼭 떠날 거야. 거리를 걷고, 공원에도 가고, 올리브나무에 기대어 앉기도 할 거야."

"그걸 어떻게 할 생각인데? 계획이 뭐야?"

"아직은 모르겠어. 로비에 있는 로봇들은 전혀 도움을 주

지 않아. 레이는 내가 밖으로 나가면 경고음을 울리겠대."

"레이는 멍청하고 답답하지. 여기까지 경고음이 울릴 때도 있다니까." 제나는 이렇게 말하고는 전기를 생산하려고 작동할 것처럼 이상한 소리를 냈어요. 그리고 알려줄 비밀이 있다는 듯 로비에게 속삭였어요. "레이의 경고음이 언제 안 울리는지 알아?"

"아니. 언젠데?"

"전기가 나갈 때야."

"하지만 전기가 나가면 네가 전기를 내보낸다며."

"그렇지, 하지만 그 사이 몇 초 동안 전기가 없어."

로비는 이 말에 흥분했어요. "그게 몇 초인데? 정확히 몇 초간 전기가 없어?"

"5초. 그러면 충분할까?"

로비는 위층 구조가 어떤지 떠올려 보았어요. 정문을 지나 정원으로 가서 도로로 나가면 자유의 몸이 될 거였어요. 하지만 원판 모양의 발로 그 거리를 이동하려면 20초는 필요했어요.

"그 정도로는 안 되겠어. 20초는 있어야 할 것 같아." 로비는 대답했어요.

제나는 불빛을 깜박였어요. "그렇게는 힘들 거야. 하지만 최선을 다해볼게. 어쩌면 할 수 있을지도 몰라."

로비는 흥분으로 휩싸였어요. 로비는 두 팔을 뻗었다 움츠렸다 하며 빙글빙글 돌았어요. 춤을 추려는 듯한 몸짓이었어요.

"넌 내가 살면서 만난 발전기 중에 최고야!"

제나는 웃음을 터뜨렸어요. "그동안 네가 만난 발전기는 몇이나 되는데?"

로비도 웃음을 터뜨렸어요. "하나!" 그러고는 심각해졌어요. "그러면, 정전이 되면 로비에 있는 기계는 전부 작동을 멈출 거라는 게 확실해?"

"배터리로 작동하는 건 멈추지 않을 거야. 하지만 엑스레이와 카메라는 작동 못 해."

"커피메이트는?"

"커피메이트는 배터리로 작동하지만 할 수 있는 게 없을 거야. 널 멈추도록 프로그램이 짜여있는 게 아니니까."

"아주 좋아!"

"그리고 다른 문제도 있어."

"뭔데?"

"아까도 말했지만 요즘에는 전기 공급 시설을 매우 튼튼하게 만들어서 정전되는 경우가 거의 없어. 가장 최근에 정전된 게 7개월 전인데 아주 잠깐만 전기가 나갔었어."

"폭풍이 오거나 폭우가 내리고 번개가 치거나 전선이 고장나는 일이 일어날지도 몰라."

제나는 친구가 품은 희망을 깨고 싶지 않았어요. "그럴지도 모르지."

"난 이 호텔에 갇혀 지내고 싶지 않아, 매일 같은 일을 하는 것도 지겨워."

"어떤 마음인지 알아. 우리에게 운이 따라준다면 이 꿈을 이룰 수 있게 될 거야."

"고마워. 로비에 있는 로봇들이 다 너처럼 친절하면 좋겠다."

"다 성격이 같진 않지. 호텔 밖으로 나가면 다양한 로봇과 사람을 만나게 될 거야."

"나 꿈을 이룰 수 있겠지?"

로비는 이 질문에 대한 답을 듣지 못했어요. 바로 그때 호출을 받았거든요. 위층에 청소 일이 생겼다는 연락이었어요.

"가야겠다. 전기가 끊기도록 간절히 바라야겠어."

"나도. 청소해줘서 고마워." 제나가 답했어요.

3. 내 한계를 정하지 마

리틀 블랙 로봇은 매일 같은 일을 하며 보내는 일상을 이어 나갔어요. 전기가 끊기는 날은 반드시 올 거란 생각을 하면서요. 가끔 정문 가까이 가 눈으로 몇 번이고 바깥 거리를 재보았어요. 속도를 알맞게 낸다면 도로까지 20초가 아니라 18초 만에 갈 수 있을 것 같았어요.

리틀 블랙 로봇은 로비에 있는 로봇들에게 이제는 꿈 이야기를 하지 않아요. 지지하지 않을 게 뻔했으니까요. 대신 기회를 기다리는 동안 지하에 몇 번 내려갔어요. 제나에게 마음을 터놓으며 정전이 될 날에 이루게 될 달콤한 꿈에 관해 이야기했어요.

로비는 완전히 충전된 상태를 유지하려고 신경 썼어요. 호텔 밖으로 나가면 충전 장치를 찾는 게 쉽지 않을 수 있을 테니까요. 배터리 충전이 95퍼센트인 상태로 충전하러 가는 로비를 보고 다른 로봇들은 깜짝 놀랐어요.

한 번은 충전 상태가 70퍼센트여서 로비는 다시 충전 장치에 연결했어요.

"왜 그렇게 욕심내니?" 커피메이트가 물었어요. "넌 배터리를 늘 가득 충전시켜 놓는구나."

"정전이 되면 일을 반밖에 못 할 거 아니야."

"정전이 될 일은 없어. 그리고 정전이 되더라도….'"

"발전기가 돌아가겠지, 나도 알아." 로비는 커피메이트의 말을 대신 맺었어요.

"그렇다면 뭐가 문제야? 매번 충전 장치 앞으로 달려가는데 혹시 전기 중독이라도 된 거야?" 커피메이트는 키득거렸어요.

"그냥 내 방식이야. 내가 너처럼 행동하란 법은 없잖아."
로비는 대꾸했어요.

그 후로 한 달이 지났어요. 리틀 블랙 로봇은 다시 발전기실을 청소하러 지하로 내려갔어요. 로비는 청소를 끝낸 뒤 슬픈 표정으로 제나를 쳐다봤어요.

"아직 정전은 없었어. 난 결코 꿈을 이루지 못할 거야."

"희망을 잃지 마. 인내심을 가져. 삶은 직선으로 나아가는 게 아니라 지그재그로 나아가는 거야. 그런 지그재그 길이 언젠가는 도움이 될 거야. 네게 남은 수명은 아직 기니까."

"참 예쁜 낱말이야, 그렇지?"

"뭐가? 삶?"

"삶도 예쁘지만 지그재그가 더 예뻐." 이 말을 하며 로비는 왼쪽으로, 오른쪽으로 번갈아 가며 미끄러지듯 움직였어요. "이것 봐, 지그재그로 가고 있지!"

"널 알게 되어서 참 기뻐, 로비. 넌 날 많이 웃게 해주지." 제나는 살짝 덜거덕거렸어요. 제나의 버튼 몇 개는 깜박였고요. "그래서 친구가 되어 준 네게 선물을 하나 주려고 해."

리틀 블랙 로봇은 약간 뒤로 물러나며 거절하는 뜻으로 두 손을 들었어요.

"선물 받고 싶어서 친구가 된 건 아니야."

"알아, 알고말고. 하지만 언젠가 네가 밖으로 나가게 된다면 유용할 거 같아서."

제나는 자기 몸에 있는 칸 하나를 열어 어떤 상자를 꺼냈어요. 상자 안에는 끝에 플라스틱 뚜껑이 달린 수수한 체인 목걸이가 있었어요. 뚜껑 가운데에는 동그란 파란색 버튼이 있었고요. 부담스러운 선물이 있을 줄 알았던 로비는 어린이용 목걸이가 나오자 다행이라고 생각했어요. 어린이집에서 아이들이 재활용 용품으로 만드는 목걸이와 비슷했어요.

"특이하게 생겼다." 로비는 목걸이를 받았어요.

"특이하게 생긴 것만은 아니야. 다른 기능도 있어. 가운데 버튼을 누르면 굉장한 일이 일어날 거야."

로비는 이 말이 농담이라고 생각했어요. "날 밖으로 순간 이동이라도 해주려나?" 로비는 키득댔어요.

제나도 웃었어요. "아니, 하지만 널 열 배는 더 강하게 만들어줄 수 있어. 그러니 네가 언젠가 밖으로 나갔는데 어떤 일을 하기에 힘이 부족하다면 이게 도움이 될 거야."

"내가 밖으로 나간다면 이 목걸이가 없어도 많은 일을 할 수 있을 거야."

"나도 그럴 거란 걸 알아. 하지만 때로는 힘이 빠질 수도 있어. 목걸이를 사용하지 않아도 날 기억하는 의미에서 차고 다녀."

로비는 목걸이를 목에 걸었어요. "어때?"

"아주 멋져."

"목걸이는 어떻게 만든 거야? 플라스틱 뚜껑에 칩이라도 붙인 거야?"

"그런 셈이지. 내가 이 호텔 전체에 전력을 공급할 수 있다면 당연히 목걸이에도 에너지를 채울 수 있지 않겠어?"

"만드느라 고생했겠다. 며칠이나 걸렸어?"

"며칠 걸렸냐고? 몇 년 걸렸냐고 물어야지. 꼬박 10년이 걸렸으니까."

"와! 10년은 정말 긴 시간이잖아."

"이곳에 시간 말고 많이 있는 게 또 뭐가 있겠어? 네가 오기 전에는 여길 청소하러 오는 이는 많지 않았어. 하는 일 없이 있는 것보다 무언가를 하는 게 낫겠다고 생각했지. 저기 창문 보이지? 저 창문으로 바람에 철사 조각이 날아올 때가 있어. 체인은 그런 철사로 만들었어. 그리고 이 병뚜껑은 바로 내 앞에 떨어졌어. 남은 일은 뚜껑에 에너지를 압축해서 저장하는 거였지."

"몇 년을 너무나도 애써서 만든 건데 왜 나한테 주는 거야?"

"네가 성공하길 바라니까."

리틀 블랙 로봇은 새로 생긴 목걸이를 만졌어요. "선물을 받은 적이 처음이라 무슨 말을 해야 할지 모르겠어."

"아무 말도 안 해도 돼. 네가 행복하다는 걸 알 수 있으니까."

로비는 고마움을 양껏 표현한 후 발전기실을 나섰어요.

엘리베이터 안에서 리틀 블랙 로봇은 새 목걸이를 만지작거리며 로보베이터가 알아봐 주길 기다렸지만 로보베이터는 아무 말도 하지 않았어요.

반면 로비에 있는 로봇들은 바로 새 목걸이를 알아보았어요. 보안 카메라는 빨간빛을 깜박였고 엑스레이는 삑삑거렸어요. 커피메이트는 바퀴를 굴려 리틀 블랙 로봇에게 다가갔어요.

"목걸이가 하나 더 생겼네? 아이들이 떨어뜨린 걸 주워서 목에 건 거야?"

"친구가 준 선물이야." 리틀 블랙 로봇이 말했어요.

"친구라고?" 레이가 끼어들었어요. "제나가 줬겠네. 지하실에 공기가 탁해서 제정신이 아닌 게 분명해. 제나가 하는 말에 관심 주지 마. 널 잘못된 길로 이끌지 몰라."

로비는 다른 로봇들이 놀리는 말을 무시하고 탁자에 쌓인 먼지를 털러 갔어요.

다음 날 로비는 목걸이 끝에 달린 병뚜껑이 실제로 작동하는지 확인하고 싶었어요. 로비는 뚜껑 가운데 파란색 점을 검지로 눌렀어요. 딸깍! 이 소리가 난 후 로비는 완전히 새로운 에너지가 모든 전선과 칩과 메모리 카드에 흐르는 것을 느낄 수 있었어요. 마치 에너지가 솟아나는 기분이었어요. 로비는 평소보다 더 빠르게 창문을 닦았어요. 바닥에는 단하나의 얼룩 자국도 남기지 않았지요. 모든 가구에는 윤기를 냈어요. 업무 목록에 있던 일들을 완료하고 시각을 확인했어요. 보통 두 시간 걸리는 일을 10분 만에 끝냈다는 걸 알 수 있었어요.

그때 호텔 정문으로 들어온 총지배인은 호텔 청소 상태가 훌륭하다는 것을 알아차렸어요. 모든 게 마치 새것처럼 반짝였지요. 총지배인은 로비에게 가 등을 토닥였어요.

"아주 잘했다. 오늘 일을 참 잘했어."

"감사합니다."

로비는 기분이 들뜬 채로 하루를 보냈어요. 호텔 총지배인이 칭찬을 해줘서 그랬던 건 아니에요. 목에 걸고 있는 목걸이가 작동한다는 게 드러났기 때문이에요. 언젠가 밖으로 나가게 되면 더 안전하다고 느낄 수 있을 것 같았어요. 제나가 발전기 한 대를 선물해 준 거나 마찬가지였어요. 하지만 언제 정전이 될까요? 정전되는 일이 절대로 생기지 않으면, 몇 년이 지나도 전기가 끊기지 않으면 어떡하죠?

리틀 블랙 로봇은 로비에서 늙게 될까요? 로비에서 녹슬어 버릴까요? 눈을 감기 전에 세상에 내뱉게 될 마지막 말은 이 것이 될까요? "난 평생을 전기가 끊기는 날을 꿈꾸며 보냈지만 그날은 오지 않았다."

이토록 텅 빈, 의미 없는, 심심한 삶을 얼마나 참을 수 있을까요? 바닥을 쓸고 창문을 닦으며 보내는 날들을 말이에요. 알고 싶은 것을 알지 못한 채, 보고 싶은 것을 보지 못한 채 보내는 날들을요. 하늘에 떠 있는 달에게 인사를 못하는 날들을, 해 대신에 천장에 달린 조명을 바라봐야 하는 날들을요.

로비는 깊은 슬픔에서 벗어나기 위해 무언가 해야겠다고 생각했어요. 이렇게 영원히 기다릴 수는 없었어요. 로비는 걱정에서 금방 벗어났어요. 로비는 슬픈 마음을 쓰레기통에 넣어두었어요. 어떤 생각이 떠올랐거든요.

로비가 직접 전기를 끊을 수는 없을까요? 전기는 어디에서 나오는 걸까요? 상자나 버튼 같은 장치가 있지 않을까요?

로비는 아래층에 있을 때 제나에게 물어보았으면 좋았을 거로 생각했어요. 그 누구보다 제나가 가장 잘 알려주었을 테니까요. 하지만 지금은 지하로 내려갈 수 없었어요. 지하 청소 일을 배정받지 못했기 때문이에요. 로보베이터에게 부탁해도 소용없다는 걸 알고 있어요. 로비에서 일하는 로봇들에게 접근하면 무언가 알아낼 수도 있을 거라는 생각이 들었어요. 그렇게 로비는 레이에게 다가갔어요.

"오늘은 가방 몇 개나 검사했어?"

"서른 개. 그건 알아서 뭐 하게?"

"모든 정보는 쓸모가 있지. 통계는 중요하거든." 로비는 대답했어요.

"중요하긴 한데 너한테 중요하진 않아. 넌 청소 로봇이잖아."

"내 한계를 정하지 마, 레이."

"네 한계를 정하는 게 아니라 넌 청소만 하도록 설계됐다는 걸 말하는 거야."

"그럴지도 모르지. 하지만 내게는 나 자신과 다른 것을 바꿀 힘이 있다고 생각해. 어쨌든 이 문제는 제쳐두기로 하자. 물어볼 게 하나 더 있어."

"이런, 또 말이 많구나! 뭔데?"

"전기가 끊기면 넌 가방 안을 어떻게 봐?"

"전기가 끊기면 못 보지. 잠시 기다리면 돼. 한 5초만. 그러면 발전기가 돌고 난 다시 내 일을 이어 나갈 수 있어."

"그렇구나. 그러면 전기가 끊기는 곳은 어디야?"

레이는 웃음을 터뜨렸어요. "이젠 전기공이 될 생각이야?"

"그냥 좀 알려 줘. 전기는 어디서 끊겨?"

"두꺼비집에서 끊기지."

"그건 어디에 있는데?"

"엘리베이터 바로 앞에 플라스틱 야자나무가 있어."

로비는 엘리베이터 쪽으로 고개를 돌렸어요. "응, 저기 있다."

"저 화분을 세 번 두드리면 전기를 끊을 수 있어."

"헛소리하지 마, 레이!"

"얘기하고 싶어 한 건 너잖아. 헛소리 듣는 거 좋아하는 거

58

아니었어?"

"두꺼비집이 어디에 있는지 제발 알려줄래?"

"알았어, 알았다고. 야자나무가 있는 데서 오른쪽 대각선으로 보면 벽에 하얀 두꺼비집 뚜껑 보여?"

"응, 보여."

"그 안에 전기 퓨즈가 있어."

"그러면 두꺼비집 안에서는 무슨 일이 생기는 거야?"

"그 안에 스위치가 있어. 스위치를 내리면 호텔에 전기가 끊겨."

"굉장한 장치다."

"괜히 건드리지 마. 감전될 수 있어."

"로봇은 감전되지 않아."

"넌 감전될 수 있어. 우리와는 완전히 다르게 생겼으니까. 널 봐, 귀에는 귀걸이가 있고 목에는 이상한 목걸이를 걸고 있고. 넌 애들이랑 놀아주는 로봇처럼 생겼어."

"겉모습으로 누군가를 판단하는 건 옳지 않아."

"난 매일 저 문으로 들어오는 사람들을 옷차림으로 판단

해. 그리고 틀린 적은 단 한 번도 없어."

로비는 이 말에 아무런 반응도 하지 않고 재빨리 플라스틱 야자나무가 있는 곳으로 갔어요. 벽에 두꺼비집이 있는 걸 예전에 본 적은 있었지만 두꺼비집 안에 자신의 자유가 있을 거라고는 한 번도 상상하지 못했어요. 로비는 팔을 뻗어 두꺼비집 손잡이를 붙잡고 열려고 했어요. 하지만 두꺼비집 뚜껑은 꿈쩍도 하지 않았어요. 로비는 좀 더 세게 잡아당겼지만 열지 못했어요. 그러는 사이 카메라 경고음이 울렸어요. 위험을 감지하면 카메라는 이를 알리거든요. 두꺼비집은 경비 대상이었어요.

경고음을 듣자마자 로비는 그 자리를 떴어요. 그리고 레이에게 가 소란이 멈추기를 기다렸어요.

"도대체 왜 그랬어? 내가 두꺼비집 건드리지 말라고 했잖아!" 레이가 외쳤어요.

"안에 뭐가 있는지 궁금해서 그랬어."

"혹시 스위치 내리고 도망가려고 했던 거 아니야?"

"아니야." 로비는 목걸이를 바로 하며 답했어요.

그러는 와중에 경비원이 카메라가 저장한 영상을 보며 경고음이 왜 울렸는지를 확인했어요. 경비원은 눈썹을 치켜세운 채 리틀 블랙 로봇에게 다가갔어요.

"로비! 청소할 때 조심 좀 해! 괜히 경고음 울렸잖아."

"네, 알겠습니다. 두꺼비집 먼지를 털다가 그랬어요."

"먼지 쌓인 채로 그냥 둬. 아무 이유 없이 경고음 울리게 했잖아."

"이제부터 조심하겠습니다."

경비원이 멀어지자 레이가 조용히 말했어요.

"무슨 꿍꿍이였는지 모르겠지만 다시는 하지 마. 안 그러면 로봇 역사에 오점을 남기게 될 테니까."

그때 커들스가 호텔 정문으로 사뿐사뿐 걸어 들어왔어요.

"이 제멋대로 돌아다니는 고양이가 널 나쁜 길로 빠지게 한 거야?"

"아무도 날 나쁜 길로 빠지게 하지 않았어. 게다가 내가 어떻게 고양이랑 얘길 할 수 있겠어? 서로의 언어를 모르는데 말이야."

좀 떨어진 곳에서 이들의 대화를 들은 커피 머신은 크림 노즐을 겨냥해 로비에게 크림을 뿌렸어요. "자, 널 포맷했어!" 커피메이트가 외쳤어요.

로비는 받은 대로 돌려주려고 커피메이트가 있는 곳으로 향했어요. 하지만 로비 앞으로 커들스가 나타나 로비 발에 묻은 크림을 핥기 시작했어요.

"이 고양이가 너희보다 똑똑하네." 로비가 말했어요.

커피메이트가 로비에게 크림을 뿌리는 장면을 저장한 카메라는 호텔에 있는 모든 로봇에게 그 영상을 공유했어요. 로봇들은 영상을 반복해서 보며 주변을 웃음바다로 만들었어요.

"너흰 참 단순해! 이제는 화도 나지 않아." 로비가 말했어요.

구석에 매달린 카메라가 로비를 놀렸어요. "이제부터 널 '크림 없는 리틀 블랙 로봇'이라고 불러야겠다. 이 영상을 인터넷에 올리면 넌 인기가 엄청나게 올라갈걸? 그보다 바랄 게 또 있니?"

"바보들. 날 놀려서 얻는 게 뭐야? 너흰 시간 낭비나 하고 있을 뿐이야."

"이건 자기한테 설정된 프로그램 외에 다른 걸 하는 로봇이 치러야 할 대가야. 넌 네가 불량인 건 무시하고 우리 앞에서 으스대잖아!" 레이가 말했어요.

"사실 불량인 건 너희야! 너흰 노예나 마찬가지야. 절대로 자유로울 수 없어! 너흰 자유를 꿈꿀 용기조차 내질 않잖아!"

"우린 이렇게 지내는 게 좋아. 꿈을 꾸지 않아도 이렇게 지내는 게 더 편해." 시드론은 이렇게 말하고는 로비에게 물을 뿌렸어요. "내가 매일 이렇게 너한테 물을 뿌리면 넌 어떻게 되는지 아니? 녹슬 거야. 녹슨 로봇은 어디로 갈까, 응? 왜 그래? 몰라? 넌 빵점이야!"

로비는 이 장난을 되갚아주고 싶었지만 배터리가 얼마 남지 않았어요. 그래서 물기를 말린 뒤 충전 장치로 갔어요.

다음 날 새벽 다섯 시쯤에 전기가 나갔어요.

지하에 있던 제나는 갑자기 눈을 떴어요. 한 번도 느끼지 못한, 완전히 새로운 흥분이 느껴졌어요. 대망의 날이 된 거예요. 리틀 블랙 로봇에게 20초를 줄 수 있게 되었어요! 리틀 블랙 로봇이 도망갈 수 있게 해 줄 20초를 말이에요!

제나는 온 힘을 다해 자동으로 발전 기능이 돌아가는 것을 막았어요. 어떻게든 버티려는 힘은 믿기지 않을 정도로 대단했어요. 제나의 메인보드는 정전 신호를 감지하자마자 발전기를 가동하려고 했어요. 호텔에 있는 모든 조명과 전자 제품을 켤 수 있을 만큼의 에너지를 만들어내는 힘이 드는 일이었지요. 제나는 댐이 된 듯한 기분이 들었어요. 댐의 수문이 밀려오는 물의 압력을 견디는 것처럼 제나는 발전기 가동을 막았어요. 제나는 결심했어요. 20초간 호텔을 정전된 상태로 유지해야만 했어요. 카메라는 촬영해서는 안 되고, 엑스레이는 경고음을 울려서는 안 되고, 로비는 거리로 나가야 했어요.

이 힘겨운 투쟁은 20초간 지속되었고 결국 제나는 저항의 벽을 내렸어요. 발전기가 생산한 전기는 이제 호텔 곳곳에 전해졌어요. 행복해진 제나는 생각했어요. '로비가 성공했으면 좋겠다.' 하지만 힘겨운 자신과의 싸움 때문에 제나는 타

격을 입었어요. 그래서 고물상에 보내질 만큼 고장 났다고 해도 제나의 행복은 줄어들지 않았어요.

호텔 총지배인은 아침에 출근하자마자 호텔이 청소돼 있지 않다는 것을 알아차렸어요. 카펫은 먼지투성이였고, 창문은 뿌옜고, 온 곳에 낙엽이 있었어요. 총지배인은 로비가 어디에 있는지 둘러보았지만 찾을 수 없었어요. 식당에 가보았지만 리틀 블랙 로봇은 그곳에도 없었어요.

총지배인은 안내대에 있는 젊은 직원을 불렀어요.

"청소 로봇 어디 있어? 로비가 엉망이잖아! 확인 안 했어?"

"했습니다만 그 로봇을 다른 곳 업무에 배정하신 줄 알았어요."

"난 이제 막 출근했어. 지시할 새가 없었다고. 이 시각이면 로비에는 티끌 하나 없어야 해."

"제가 근무를 시작했을 땐 없었습니다. 야간 근무한 직원이 무언가 알지도 모르겠네요."

"그 직원한테 어서 연락해!"

젊은 직원은 마지못해 동료에게 전화를 걸었어요. 근무 시간이 아니기 때문에 자고 있을지도 모르니까요. 게다가 총지배인은 무례하게 지시했어요. 말투도 불쾌했고요. 전화를 하니 누군가 받았어요.

"마리, 깨웠다면 미안. 그런데 청소 로봇이 안 보여서 말이야. 혹시 어디 있는지 알아?"

잠이 덜 깬 마리는 동료의 말을 정확하게 이해하지 못했어요. "무슨 로봇 말이야?"

"검은색 로봇 있잖아, 귀걸이 한 로봇."

"글쎄, 마지막으로 본 게 충전 장치에서였어."

"어젯밤에 다른 일은 없었어?"

마리는 잠시 생각하더니 다섯 시에 정전된 것을 기억했어요.

"다섯 시쯤 전기가 나갔었어. 잠깐 그랬고 바로 발전기가 돌아갔지. 다른 일은 없었어."

안내대에서 일하는 젊은 직원은 이를 총지배인에게 알렸어요.

"정전된 게 로봇 사라진 거랑 무슨 상관이야?" 총지배인은 투덜댔어요.

직원들은 로봇을 찾아 호텔을 샅샅이 뒤졌고 발전기실까지 확인했어요. 발전기실에는 전선이 탄 냄새가 옅게 났지만 딱히 신경 쓰는 사람은 없었어요. 제나의 버튼이 더는 깜박이지 않는 것을 아무도 보지 못했어요.

아무 데서도 리틀 블랙 로봇이 보이지 않자 총지배인은 로비에 있는 로봇들에게 따져 물었어요. 하지만 커피 머신, 엑스레이 스캐너, 꽃에 물을 주는 드론은 아는 게 없었어요. 카메라만이 다음 정보를 줄 수 있었고요.

"새벽 다섯 시까지 찍힌 영상은 있어요. 하지만 그 이후에는 아무것도 찍히지 않았어요."

총지배인은 즉시 영상을 살폈어요. 충전 장치 앞에 있는 로비의 모습이 확실히 보였어요. 로비가 수면 모드로 충전하고 있다는 것도 분명했고요. 그리고 다섯 시가 되었을 때 영상은 깜깜해졌어요. 영상에 다시 불이 들어왔을 때는 충전 장치 앞에 아무도 없었어요.

"무슨 일이 일어났든 전기가 나갔을 때 일어났을 거야!" 총지배인은 외쳤어요. "이건 도난 사건이다! 정전을 이용해서 누군가 로봇을 훔쳤어!"

손님 중 한 명이 저지른 일이었을까요? 자기 방으로 로봇을 데려갔을까요? 방에서 로봇을 분해하고 로봇 부품을 가방에 넣어서 아무도 모르게 호텔을 빠져나갈지도 몰랐어요. 총지배인은 가만히 손 놓고 있을 수 없었어요. 그래서 오늘 체크아웃 하는 모든 손님의 가방을 검사하기로 했어요.

체크아웃 할 때 가방을 검사할 거라는 소식을 들은 손님들은 화를 냈어요.

"우리를 도둑 취급하는 거예요? 로봇을 잃어버린 건 당신 문제지 우리 문제가 아닙니다!" 손님들은 소리쳤어요.

호텔 총지배인은 "어쩌면 로봇이 스스로 손님들 가방 안에 숨었을지도 모릅니다. 원래 좀 특이한 로봇이거든요."라며 손님들을 달랬지만 손님들은 가방 검사를 허락하지 않았어요.

"내가 이 호텔에 다시는 오나 봐라!" 손님들은 선언했어요.

"이 내용을 SNS에 올려서 망신시켜 줄 거야!"라고 외치는 사람도 있었어요.

상황이 점점 나빠지자 총지배인은 물러설 수밖에 없었어요. 대신 인터넷으로 주문할 새 로봇을 검색했어요.

리틀 블랙 로봇이 어디로 갔는지는 영원히 궁금해 할 수밖에요.

4. 호텔 밖 세상

새벽 다섯 시, 로비의 수면 모드는 갑자기 중단되었어요. 정전이 되었다는 것을 깨달은 로비는 재빨리 충전 장치 연결을 끊고 정문으로 향했어요. 안내대에 있던 마리는 졸고 있어서 무슨 일이 일어났는지 알아차리지 못한 것 같았어요. 아무런 반응도 일으키지 않고, 아무런 경고음도 울리지 않고 활 모양 엑스레이 스캐너를 지나갈 수 있어서 다행이었어요.

리틀 블랙 로봇은 18초 만에 호텔을 빠져나가는 데 성공했어요. 인도를 따라 빠르게 걸으며 호텔과 멀어졌어요.

거리에는 아무도 없었어요. 밖은 로봇도 인간도 없는 시각이었으니까요. 쓰레기통 근처에서 개 세 마리가 호기심 어린 눈빛으로 로비를 쳐다봤지만 다행히 짖거나 공격하지는 않았어요.

로비는 계속해서 걸었어요. 500미터쯤 지났을 때 내비게이션에서 발견한 공원이 나왔어요. 담쟁이덩굴이 덮은 공원 울타리로 다가가며 로비는 마음이 평온해지는 것을 느꼈어요. 공원 출입문에는 '달빛 공원'이라고 쓰여 있었어요. 로비는 이게 꿈이 아니기를 빌었어요. 하지만 로봇은 꿈을 꾸지 않지요. 그러니 지금 일어나는 일은 완전히 현실이었어요.

로비가 출입문을 지나 공원으로 들어가니 새들이 흥겹게 짹짹거리며 맞이해 주었어요. 부드럽게 '쏴' 하는 소리가 들려서 그쪽으로 가보니 분수대가 나타났어요. 로비는 분수대를 볼 수 있는 벤치를 찾아 앉았어요. 이른 아침, 하늘은 밝아오고 있었지만 아직 달이 보였어요.

로비는 혼잣말을 했어요. "내 삶은 이제 막 시작한 거야."

그렇게 평온히 앉아 있는데 벤치 아래에서 어떤 소리가 어렴풋이 들려왔어요. 로비가 몸을 구부려 확인해 보니 거북이가 한 마리가 보였어요. 로비와 눈이 마주친 거북이는 등딱지 아래로 숨었어요.

"무서워하지 마. 난 나쁘지 않아." 로비는 거북이를 안심시 켰어요. 그리고 손을 뻗어 조심히 거북이를 들어 벤치 위에 올렸어요. "우리 함께 해 뜨는 거 볼까?"

거북이가 로비의 말을 알아들었다면 "그래, 같이 보자."라 고 답했을 거예요. 하지만 거북이는 로비의 말을 이해하지 못했고 벤치에 있는 게 불편해 보였어요. 불안해하는 거북이 를 위해 로비는 다시 조심히 거북이를 들어 풀밭으로 내려주 었어요.

"행운이 따르길." 로비는 자신에게 하는 것처럼 말했어요.

나비 두 마리가 서로를 쫓으며 날아다니자 로비는 신이 나 감탄했어요. 이 기쁨에 찬 외침을 누가 엿들었어요.

"어이, 거기 누구야?" 로비보다 두 배는 몸집이 큰 로봇이 물었어요. 청소 로봇인 게 분명했어요.

새로운 로봇을 만나 기분이 들뜬 로비가 인사했어요. "안녕. 오늘 날씨 참 좋지?"

"날씨는 좋긴 한데…. 내 질문에 대한 대답은 아니야. 넌 누구야?" 키가 큰 로봇이 물었어요.

"너처럼 난 청소 로봇이야."

"이 공원에 배정받았어? 나로는 부족하대?"

"아니, 난 일하러 온 거 아니야. 오늘 난 휴가를 받았어."

"휴가? 로봇도 휴가 받을 수 있어? 왜 난 몰랐지?"

"우리 호텔에 있는 규정이야."

"아, 넌 호텔에서 일하는구나. 예전에도 휴가 받은 적 있어? 이쪽에선 널 본 적이 없는 거 같은데."

"예전에는 다른 공원엘 갔었지. 하지만 이 공원이 제일 아름다워."

"무슨 소리야! 여긴 이 도시 공원 중 최악이야. 그래서 달빛 공원으로 오는 사람이 거의 없는 거라고."

"최악이라니? 분수대도 있고, 나비도 놀러 오고, 푸른 풀밭에…. 아까는 거북이도 봤는걸."

"그래, 하지만 사람들이 앉을 수 있는 카페나 매점은 없어.”

“없는 게 나아.”

“참 재밌는 로봇이네. 이름이 뭐니?”

“로비야. 넌?”

“내 이름은 파키. 달빛 공원 청소부야. 사실 여긴 내가 추방당하고 오게 된 곳이야.”

“추방? 무슨 뜻이야?”

“내가 일하는 속도가 좀 느리거든. 그래서 벌로 최악의 공원을 배정받았어. 추방은 그런 뜻이야.”

“여긴 전혀 나쁘지 않아. 아주 멋진 곳이야. 아침 일찍 왔더니 달빛도 볼 수 있었어.”

“글쎄, 난 이곳에서 좋은 것들을 보지 않아. 내가 해야 할 일은 쓰레기를 치우는 거니까.”

“그렇지만 일을 끝내면 다른 것도 할 거 아냐?”

“아니, 충전 장치로 가서 수면 모드로 있어. 그게 다야!”

“그러니까 이곳에도 충전 장치가 있구나!” 로비는 신이 나 말했어요.

"응, 있어. 배터리 충전해야 해?"

"아니, 지금 90퍼센트 충전돼 있어. 하지만 나중에 충전해야 할지도 모르지."

"충전 장치는 내 창고 바로 옆에 있어. 필요하면 언제든 가서 충전해. 전기는 공짜니까."

"왜 공짜야?"

"태양광으로 충전하거든."

"와, 정말 좋네! 난 말이야, 호텔에 제나라는 발전기 친구가 있었어."

"있었다니? 이젠 친구 아니야?"

"아직 친구지. 전기가 끊기면 제나가 작동해."

"나도 발전기가 뭔지 알아. 설명 안 해도 돼."

로비는 손을 올려 목을 더듬었어요. 하지만 손에 잡힐 거로 생각한 병뚜껑 목걸이는 없었어요. 로비는 겁에 질려 왼쪽, 오른쪽, 벤치 아래쪽을 살폈어요.

"뭐 떨어뜨렸어?" 파키가 물었어요.

"목걸이가 있었는데. 제나가 준 선물이야."

"오는 길에 떨어졌나 보다."

"아! 떨어진 걸 왜 몰랐지?"

"저녁 때 호텔에 돌아갔는데 목걸이가 없어서 제나가 슬퍼할까 봐 걱정하는 거야?"

로비는 진실을 말하고 싶었어요. 호텔에서 일하는 다른 로봇과는 매우 다르게 파키는 좋은 로봇 같아 보였기 때문이에요.

"난 호텔로 돌아가지 않을 거야."

"도망쳤구나?"

"자유를 선택한 거야."

"그렇게 말하면 더 멋져 보일 진 몰라도 같은 소리야. 넌 도망친 거라고. 휴가를 받았다고 했을 때 이미 알아차렸지. 용감한 거 같긴 하지만 넌 붙잡힐 거야."

"호텔 총지배인이 날 잡으러 올까?"

"그럴 수도 있겠지. 넌 호텔에서만 살아서 모르나 보다. 길거리에서 로보캅 못 봤어?"

로비는 레이가 말해준 것을 기억했어요. "응, 못 봤어."

"운이 좋았네. 붙잡히면 넌 고물상으로 가게 될 거야."

"고물상에선 무슨 일이 일어나는데?"

"당연히 로봇을 부수지. 부순 로봇은 다른 로봇을 만드는 데 쓰일 거야."

"그러니까 실제로 죽는 게 아니라 다른 로봇이 되는 거구나."

파키는 손으로 가슴을 쳤어요. "그렇지만 네가 네 자신이 아니라면 죽은 거나 마찬가지 아니겠어?"

"별로 무섭게 들리진 않는걸."

"넌 지금처럼 로비로 계속 살고 싶은 것 같아."

"세상을 조금 더 잘 알게 된 후에 고물상에 가는 게 낫긴 하겠다."

"그렇게 하고 싶다면 조심해. 로보캅은 이마 가운데에 빨간색 'R'이 쓰여 있어. 마주치게 되면 바로 숨어."

"고마워, 파키. 명심할게."

"도울 수 있어 기뻐, 친구야. 너랑 얘기할 수 있어 좋았지만 이제는 그만하고 다시 일하러 갈게." 파키는 바닥 위 낙엽을 주우며 멀어졌어요.

로비는 파키의 뒷모습에 대고 외쳤어요.

"내가 잃어버린 목걸이를 찾으면 잘 보관해 줘!"

"공원에서 떨어뜨렸다면 내가 찾게 될 거야." 파키가 답했어요.

그날 리틀 블랙 로봇은 로보캅과 한 번도 마주치지 않았어요. 로비는 아무도 없는 공원을 마음껏 돌아다녔지요. 잃어버린 목걸이를 찾아 덤불을 살피기도 했어요. 나뭇가지로 연못 바닥을 뒤지기도 했어요. 자갈 사이 틈도 확인했어요. 하지만 어디에도 목걸이는 보이지 않았어요. 에너지가 부족해져서 로비는 파키의 창고로 가 배터리를 충전 장치에 연결했어요.

밤이 되자 로비는 별들을 올려다보며 흡족해했어요. 별들을 세어보려고도 했지만 303개가 넘은 후에는 세는 걸 멈추었어요. 연못 위에 비친 달빛을 감상하기도 했어요. 이 세상은 참 아름답구나, 로비는 생각했어요.

그렇게 밤을 즐기고 있는데 바닥 위 낙엽이 바스락거렸어요. 로비는 몸을 숙여 소리가 나는 곳을 살폈어요. 거북이가 다시 나타났어요. 로비는 아주 부드럽게 속삭였어요.

"안녕. 세상은 참 아름답지 않니?"

거북이는 이번에는 등딱지 아래에 숨지 않았어요. "내가 이제는 낯이 좀 익나 보구나. 난 이 세상에서 거북이와 친구가 될 수 있는 유일한 로봇일지도 모르겠다."

이번에도 거북이는 로비의 말을 알아듣지 못했어요. 하지만 자기 등딱지를 쓰다듬는 손가락에는 선한 마음이 담겨 있다는 것을 알아차렸어요.

다음 날 로비는 이마 위로 내리쬐는 햇빛을 느끼며 눈을 떴어요. 하지만 로비를 깨운 것은 햇빛만이 아니었어요. 산책길에는 이상한 탈 것도 있었어요.

그것은 작은 바퀴로 움직이며 삐걱거리거나 끼익하는 소리를 냈어요. 로봇처럼 생겼지만 동시에 쇼핑 카트처럼 보이기도 했어요. 아니면 이것이 바로 로보캅이라는 로봇일까요? 도망친 로봇을 붙잡아 카트에 실어 고물상으로 데리고 가도록 만들어진 것일지도 몰라요. 이 기계를 로봇처럼 보이게 하는 유일한 특징은 머리와 팔이었어요. 카트 네 개의 면에 각각 팔이 두 개씩 있었어요. 이상한 장치는 팔이 여덟 개가 있는 거미처럼 보였어요.

로비는 덤불 뒤에 움츠린 채로 자동차 거미에게 더 가까이 갔어요. 머리에 빨간색 R이 쓰여 있는지 확인하려고요. 하지만 보이는 거라고는 몸 대신에 카트에 달린 머리 뒤통수뿐이었어요. 로비는 위험을 감수하고 작은 돌멩이를 던졌어요. 돌멩이는 카트 바퀴에 맞았고 로봇 머리는 360도로 돌아가며 돌멩이가 어디에서 날아왔는지 살폈어요. 머리에 빨간색 R이 보이지 않아 로비는 안심했어요.

"안녕!"

카트 로봇의 눈이 로비를 향했어요.

"네가 돌멩이 던진 거야?"

"널 다치게 하려던 건 아니었어. 네 얼굴을 보려고 그랬어."

"넌 얼굴을 보고 싶은 대상한테 매번 돌멩이를 던지니?"

로비는 미소를 지었어요. "좋은 지적이야. 하지만 네가 로보캅이 아니라는 것을 확인해야만 했어.”

“로보캅이라니? 바보 같은 소리 하지 마, 이 검정 로봇아! 혹시 스마트 쇼핑 카트 처음 봐?”

“응, 처음 봐. 게다가 넌 팔이 너무 많아서 거미 같아.”

“팔이 이렇게 많으면 쇼핑을 더 쉽고 빠르게 할 수 있으니까. 난 잘 만들었다고 생각해.”

“그러면 네가 직접 장을 보는 거야? 왜 사람들은 너한테 장보기 일을 준 걸까?”

“사람들이 게으르기 때문이지. 로봇이 있는데 누가 움직이고 싶겠어? 사람들은 자기 돈을 나 같은 쇼핑 로봇에 쓰고 그냥 누워만 지내. 난 요즘 유행하는 로봇이야.”

카트에 달린 로봇 머리의 말은 사실이었어요. 이런 장치는 3년 전부터 사용되기 시작했는데 인기가 아주 많았어요. 쇼핑 카트에 신용카드 정보를 입력하면 원하는 것은 무엇이든 살 수 있는 장치예요. 쇼핑 카트 로봇은 빠르게 쇼핑할 수 있고 계산하려고 줄을 설 필요도 없게 해주었어요. 안전상의 이유로 쇼핑 카트 로봇을 선호하는 사람도 있었어요. 전화나 인터넷으로 주문해서 낯선 배달부에게 문을 열어주는 게 무섭다는 사람도 있거든요. 하지만 쇼핑 카트 로봇을 사용하면 그런 위험은 없게 되죠.

쇼핑 카트 로봇과 관련한 도난 사건은 한 번도 일어난 적이 없어요. 장보기가 끝나면 로봇의 머리가 카트 뚜껑을 잠그기 때문이에요. 배송지로 가는 도중에 경로가 바뀌면 경고음이 울려서 다른 사람이 자기 집으로 카트를 가지고 가는 것을 막을 수 있어요.

로비는 흥분해서 이 재미있는 로봇을 샅샅이 살폈어요.

"넌 참 재미난 일을 하는구나. 내가 해 봐도 될까?"

"내 허락을 구할 필요는 없어. 아무나 시장에 갈 수 있으니까."

"아니, 너랑 같이 다녀도 되냐고."

로봇 머리는 놀란 상태로 잠시 있었어요. 사람이나 로봇과 쇼핑하러 다녀본 적이 한 번도 없어서였어요. 쇼핑 카트 로봇은 뭐든 혼자 하는 데 익숙해져 있었어요. 따라서 쇼핑 카트 로봇에게도 새로운 경험이 될 거였어요.

"같이 다닐 거면 서로 소개하는 게 좋을 것 같아."

"내 이름은 로비야."

"난 마키야." 로봇 머리는 이렇게 말했고 여덟 개 팔 중 하나가 로비에게 악수를 청했어요.

로비는 이 모습을 보고 웃었어요. "넌 동시에 여덟 명과 인사할 수 있겠다!"

"쇼핑 카트 로봇은 사교성이 그다지 좋지 않아. 이 팔들은 쇼핑하는 데 쓰지 누구를 만나는 데 쓰진 않아."

"하지만 남과 어울리는 것은 멋진 일이야. 모든 이로부터 무언가를 배울 수 있으니까. 예를 들어 내가 파키를 만나지 않았다면 난 로보캅 머리에 빨간 R이 쓰여 있다는 사실을 알지 못했을 거야. 그리고 로보캅 손에 쉽게 붙잡혔겠지. 파키가 누군지 모르려나? 파키는 공원 청소 로봇이야. 어제 만났는데…."

마키는 로비의 말을 끊었어요. "너 혹시 도망친 거야?"

"아니, 난 자유를 선택한 거야. 감히 이 두 가지가 같은 거라고 말하지 마!"

"난 그 부분은 신경 쓰지 않을 거야. 쇼핑 목록에 있는 물건을 담아서 가능한 한 빨리 배달하는 것 외에 다른 것은 생각하고 싶지 않아."

"그래서 네가 사교성이 부족한 거야. 너무 일 중심으로 생각하니까."

"자, 어쨌든 가자."

"내가 널 밀고 가도 될까?"

"넌 참 이상한 부탁을 하는구나. 난 상관 안 해. 밀어, 그럼."

로비는 쇼핑 카트 로봇을 밀며 주차장을 빠져나갔어요.

"이것 봐. 내가 미는 덕에 넌 배터리도 아낄 수 있어."

"내 배터리는 늘 충분해. 일하면서 반 이상을 쓴 적은 한 번도 없어."

15분 후 둘은 쇼핑 마트에 들어갔어요. 마키는 쇼핑 목록에 있는 물건을 카트에 담았어요. 마키는 거미 팔을 선반 이곳저곳으로 뻗었어요. 마키가 물건을 카트에 넣으면 동시에 물건 가격이 카트에 입력된 신용카드로 결제가 되었어요. 로비는 카트에 우유 여덟 통이 담긴 걸 보고 깜짝 놀랐어요.

"이렇게나 많은 우유로 뭐 하는 걸까? 우유로 목욕하나?"

마키는 웃었지만 대답은 하지 않았어요. 가능한 빨리 일을 끝내고 싶었거든요. 마키는 샴푸 진열대로 가서 각기 다른 향이 나는 샴푸 다섯 통을 담았어요. 휴지, 양말 일곱 켤레, 생선 통조림도 담았고요.

"배달 가는 곳에는 몇 명이 살아?" 로비가 물었어요.

"한 명."

"네가 카트에 담은 양을 봐서는 열다섯 명은 사는 거 같다."

"대부분 이렇게 살아. 새로운 걸 자꾸 갖고 싶어 하지. 하지만 다음 날이 되면 자기가 산 걸 싫어하게 되기도 해. 이제는 내가 집 안에서 이동하는 것조차 점점 더 힘들어지고 있어. 부엌에 가려면 복도 한쪽으로 물건 꾸러미를 치워야 지날 수 있을 정도라니까. 집주인조차 자기 집에서 걷지 못하더라고, 그래서 종일 소파에서 지내나 봐."

로비는 놀라워하며 친구의 말을 들었어요. 마키는 과장하는 것을 좋아하는 걸까요?

"모두 그런 건 아니야. 예를 들어 호텔 손님들은 그러지 않았어. 작은 가방을 들고 와 열흘을 호텔에서 지내던걸. 작은 가방에 들어갈 게 뭐 그리 많겠어?"

"그거야 호텔은 자기들 집이 아니니까 그러지. 모든 사람이 그렇다는 말이 아니야. 하지만 대부분은 그렇게 살아. 원하는 게 손만 뻗으면 닿는 곳에 있길 바라지. 매우 게으르니까. 내가 장을 봐주는 사람은 하도 움직이지 않아서 발이 붓기까지 했어. 풍선처럼 보인다니까. 그래서 화상 통화로 로봇 의사한테 연락해 자기 발을 보여줬는데 의사가 뭐라고 했는지 알아? '걸으셔야 합니다.' 그 사람은 그 말을 듣고는…."

"걷기 시작했어?"

"아니, 바로 통화 종료하고 소파에 눕더라. 보다시피 내가 또다시 대신 장을 보고 있지."

둘은 계속해서 물건을 담으며 웃고 얘기했어요. 출구로 나가려는데 로비가 아이스크림 진열대 앞에 멈췄어요.

"아이스크림도 담자."

"안 돼. 쇼핑 목록에 없어."

"목록을 꼭 지켜야 해?"

"모르겠어. 목록에 없는 물건은 한 번도 담아본 적이 없거
든."

"집에 있는 남자가 좋아할 거 같은데. 자기가 목록에 뭘 넣
었는지 기억조차 못 할지도 몰라."

"여자야." 마키가 말했어요.

"그러면 다시 말할게. 집에 있는 여자가 좋아할 거 같은데.
자기가 목록에 뭘 넣었는지 기억조차 못 할지도 몰라."

"저장한 목록을 확인하면?"

"깜짝 선물이라고 하면 돼. 너랑 그 사람이 더 친해질 계기
가 될 거야. 기계와 인간은 정서적인 관계를 맺기도 해."

"우리 로봇은 정서적인 관계를 맺을 수 없어." 마키는 카트
에 물건을 가득 채운 채로 문을 나서려 했어요.

그때 로비가 장난감 진열대로 가 분홍색 거북이 장난감을
집어 카트 안으로 던졌어요. 그러자 쇼핑 카트 스크린에 경
고 메시지가 나왔어요.

"거북이 장난감은 목록에 없습니다! 정말 구입하겠습니까?"

마키는 카트에서 거북이를 꺼내 선반에 다시 올려두었어요. "이렇게 하면 안 돼. 규칙을 어기면 난 고물상으로 보내질 거야."

"그냥 시험해 본 거야. 목록을 안 지켜도 되겠네. 너도 들었겠지만 정말 구입할 거냐고 물어왔잖아. 구입하겠다고 얘기했더라면 사도 됐을 거야."

"분홍색 거북이 장난감으로 내가 뭘 하겠어?"

로비는 카트에 실은 물건을 가리켰어요. "이런 것도 사실 불필요하다며."

"너랑 말다툼하고 싶지 않아. 쇼핑 목록을 만든 건 내가 아니야. 내 일은 목록에 있는 것을 사서 집으로 배달하는 거야."

둘이 출입구에 도착하자 자동문은 재빨리 계산된 물건을 확인했고 둘이 나갈 수 있도록 문을 열어주었어요.

밖으로 나간 마키는 새로운 길로 가기로 했어요. 그러니까 공원으로 가지 않기로 마음먹었어요.

"왜 왔던 길로 되돌아가지 않는 거야?" 로비가 물었어요.

"공원은 인적이 드물고 카트는 가득 차 있으니까. 도둑을 만나고 싶지 않아. 중심가로 가는 게 더 안전해."

"도둑맞을 수도 있단 소리야?"

"아직 그런 일은 없었어. 하지만 그런 일이 없었다고 그런 일이 생기지 않으리란 법은 없지."

"참 아름다운 말이야! 마치 내 삶을 묘사하는 것 같아."

"뭐야? 너 도둑맞은 적 있어?"

"그게 아니라, 내가 일한 호텔에서는 다들 내가 호텔을 떠나지 못할 거라고, 밖으로 나가지 못할 거라고 계속 얘기했거든. 그들은 내가 했던 생각을 한 번도 해본 적이 없으니까. 하지만 난 해냈어. 그들은 절대로 일어나지 않을 거라고 말한 일이 내게 일어났어."

"그렇기 때문에 공원으로 가지 않는 게 좋을 거야. 네가 처음으로 도둑맞는 일이 나랑 있을 때 일어나서는 안 돼. 중심가로 가지 않을래?"

로비는 군중 사이에 있는 로보캅을 맞닥뜨리는 위험을 감수하고 싶지 않았어요. "나는, 어… 시끄러운 데는 별로야."

마키는 팔 여덟 개 중 네 개를 치켜들고 웃었어요. "나한테 사교성이 부족하다고 할 땐 언제고 왜 지금은 덤불로 돌아가겠다는 건데?"

"사교성을 기른다는 건 북적거리는 곳을 돌아다닌다는 뜻이 아니야. 다른 이들과 교류한다는 거지. 지나가는 누군가와 교류하는 건 아니잖아. 그냥 지나치고 마는 거지."

"어쨌든 간에 널 이해하는 건 참 힘이 든다. 내일 아침에 공원에서 보자." 마키가 말했어요.

"내일도 쇼핑할 거야?"

"난 매일 쇼핑해. 사람들은 물건을 주문할 때 행복해진다고 내가 말했잖아."

"그러면 카트에 실은 이것들은 어떻게 되는 거야?"

"며칠 뒀다가 쓰레기통에 버리겠지."

로비는 고개를 절레절레 흔들었어요. "넌 멍청이랑 사나 보다."

마키는 웃으며 멀어졌고 리틀 블랙 로봇은 달빛 공원으로 향했어요.

로비는 내비게이션 지도를 살피며 더 멀리 가 볼지 고민했어요. 지도에는 앞에 있는 좁은 길을 따라가면 새로운 곳이 나온다고 되어 있었어요. 호텔에서 빠져나온 이유가 바로 이것 아니겠어요? 새로운 세상을 만나려고 말이에요.

로비는 가느다란 선으로 지도에 표기된 북적이지 않는 길로 들어섰어요.

5. 볼리는 도움이 필요해

　로비가 길을 따라가며 보니 집들은 작아지고, 벽에 칠한 페인트 색은 흐려지고, 바닥에 패인 곳은 많아지고, 인도는 좁아졌어요. 마당을 돌보는 사람은 없는 듯했어요. 한동안 아무도 물을 주지 않았는지 풀과 나무는 먼지로 뒤덮여 있었어요. 집에 칠한 페인트 색은 아무렇게나 고른 듯했어요. 아니면 고를 처지가 아니었기에 가지고 있는 아무 색으로나 칠한 것 같았어요. 지붕은 휘어 있었고 창문은 더러웠어요.

　금이 간 인도를 십 분 정도 걷고 나자 로비는 최신 로봇 차

량을 단 한 대도 보지 못했다는 사실을 깨달았어요. 이 동네에 사는 사람들은 최신 차량을 살 돈이 없다는 의미였어요. 로비는 내비게이션 지도를 보고 동네 이름이 가난하다는 뜻이 담긴 스토니라는 것을 확인했어요.

로비가 뒤집힌 쓰레기통을 지나려는데 고양이 울음소리가 들렸어요. 로비는 소리가 나는 방향으로 고개를 돌렸어요. 고양이는 1층짜리 집 지붕 위에 있었어요. 내려오고 싶은데 내려오지 못하는 것 같았어요.

"안녕, 좀 도와줄까?"

고양이는 로비의 말을 알아들었다는 듯 작은 목소리로 '야옹'이라고 했어요. 로비는 그 집 마당으로 들어가 지붕 바로 아래까지 갔어요. 그리고 2미터까지 늘일 수 있는 팔을 뻗었어요.

"뛰어내려! 내가 잡을게!"

지붕 위 고양이는 로비를 움직이는 나무로 착각했는지 뛰어내렸어요. 로비는 고양이를 살포시 붙잡고는 바닥에 내려주었어요. 고양이는 재빨리 마당을 지나 거리로 나갔어요.

"야, 고맙다는 말은 해줄 수 있는 거 아니야?"

창문 가까이에 선 채로 로비는 이렇게 말했어요. 마침 창문 한쪽이 열려 있었어요. 호기심을 이기지 못한 리틀 블랙 로봇은 안을 들여다보았어요. 부엌처럼 생긴 곳이 보였어요. 하지만 부엌 용품은 많이 없었어요. 막 이사한 집일지도 몰랐어요. 그렇게 로비가 안을 쳐다보는데 어떤 아이가 부엌으로 왔어요. 금발의 곱슬머리 남자아이는 일곱 살 정도 되어 보였어요. 아이는 선반으로 손을 뻗어 그릇 하나를 꺼냈어요. 그리고 수도꼭지를 틀어 그릇에 물을 받았어요. 그다음에는 냉장고에서 분유를 꺼내 세 숟가락을 그릇에 더했어요. 로비는 열린 냉장고 문 사이로 냉장고 안에 사과 두 개와 양상추 한 통만 있는 걸 보았어요.

아이는 분유를 다시 냉장고에 넣었어요. 그리고 식탁에 앉아 그릇에 담은 분유 섞은 물을 마셨어요. 로비는 참을 수 없어서 열린 창문틀을 가볍게 '툭툭' 쳤어요. 소리 나는 곳을 바라본 아이는 겁에 질려 숟가락을 떨어뜨렸어요. 로비는 왜 아이가 겁에 질려했는지 알 수 없었어요.

"안녕! 난 로비라고 해!"

그러자 아이는 식탁 밑으로 들어갔어요.

"난 그냥 너랑 얘기하고 싶은 거야."

아이는 아무런 대답도 하지 않았어요.

"내 이름을 알았으니 네 이름도 알려줄래?"

아이는 입을 다문 채 식탁 밑에서 로비를 쳐다봤어요.

"네가 왜 무서워하는지 모르겠어. 난 로봇일 뿐이야. 전혀 해 끼치지 않아."

아이는 조금 진정하며 천천히 식탁 밑에서 나왔어요.

"네가 로봇인 건 알아."

"그러면 왜 숨었어? 내가 도둑인 줄 알았어? 로봇은 도둑질 하지 않아. 몰랐어?"

"알아. 어차피 여긴 훔칠 것도 없어. 난 네가 다른 로봇인 줄 알았어."

"내가 무슨 로봇인 줄 알았는데?"

"난 네가 로보캅인 줄 알았어."

"로보캅? 내가? 이런! 너 안경 써야겠다. 로보캅은 이마에

크고 빨간 글자로 R이 쓰여 있어. 난 그게 없지. 난 청소 로봇이야."

"로보캅이 아버지를 데려갔어. 어머니는 우리도 데려갈지 모른대."

"아버지가 뭘 하셨기에?"

"말할 수 없어. 어머니가 못 하게 하실 거야. 우리도 잡혀갈까 봐 두려워하셔서."

"알았어. 얘기하지 않아도 돼."

로비는 창틀에 기댔어요. 로비는 아이의 사연이 궁금했어요.

"내가 여기 좀 서 있어도 될까?"

아이는 어깨를 으쓱이고는 다시 그릇에 담은 분유 섞은 물을 먹기 시작했어요.

"너 혹시 무슨 놀이 하는 거야? 수프 먹는 척 놀이 하는 것처럼 보여서." 로비가 물었어요.

"맞아. 어차피 어머니가 금방 오실 텐데, 그때 먹을 걸 갖고 오실 거야."

로비는 아이와 조금 더 친해진 느낌이 들었어요. 아이가 자기 이야기를 하게 할 수 있을까요?

"넌 얘기하는 걸 별로 안 좋아하는구나. 알았어. 하지만 얘기 듣는 건 좋아하니?"

"무슨 얘기할 건데?"

"어떤 로봇 얘길 해줄 거야. 작고 검은색 로봇 얘기….”

"귀에 깃털을 꽂은 로봇 말이야?"

로비는 자기 귀에 꽂은 귀걸이를 쓰다듬으며 미소를 지었어요. "맞아, 그 로봇. 그러니 숟가락 소리 내지 말고 들어 봐. 옛날 옛적에 어느 도시의 어떤 큰 호텔에 새로운 로봇이 왔어. 리틀 블랙 로봇이라는 로봇이었는데 호텔 생활을 아주 싫어했어. 대신 호텔 바깥세상에 대해 매우 궁금해 했지. 호텔에서 일하는 다른 로봇들은 리틀 블랙 로봇을 놀려댔어. 리틀 블랙 로봇의 유일한 친구는 발전기였어.”

로비가 이야기를 마치자 아이는 미소를 머금었어요.

"정말로 쇼핑 카트에 분홍색 거북이 장난감을 넣었단 말이야?"

로비는 고개를 끄덕였어요. "이게 내 이야기야…. 네 아버지 이야기는 어떤지 궁금하네?"

"우리 아버지는 운이 좋지 않았어. 아버지에게도 너처럼 제나 같은 친구가 있었으면 좋았을 텐데."

로비가 나눈 이야기가 아이에게 자기 가족 이야기를 할 용기를 주었어요. 아이는 말을 이어갔어요.

"우리 아버지는 커피 공장에서 일했어. 공장 연구실에서 품질을 관리하는 일이었어. 그런데 공장에서 생산하는 커피가 진짜 커피가 아니라는 것을 알게 되었고 그 내용으로 보고서를 작성했어. 공장 주인인 토스베크 아저씨는 아버지가 쓴 보고서를 보고 아버지를 해고했어."

"그게 무슨 말이야? 공장 주인이 가짜 커피를 팔았단 말이야?" 로비는 놀라 물었어요.

"맞아. 우리 아버지를 해고한 다음에 보고서를 새로 써 줄 다른 사람을 고용했어."

"그러면 가짜 커피는 원래 뭐였어?"

"아버지 말로는 옥수수였대. 옥수수를 볶고 간 다음에 커피 맛을 추가했대. 옥수수는 싼데 커피는 비싸니 토스베크 아저씨는 돈을 많이 벌었지."

"사기꾼이네!"

"아버지도 같은 말을 했어."

"그렇구나, 그런데 하나 이해가 안 되는 점이 있어. 로보캅이 왜 네 아버지를 체포한 거야? 아버지는 잘못이 없잖아."

"토스베크 아저씨는 보고서가 거짓이라고 했어. 아저씨 경쟁자들이 아버지를 고용해서 자기를 비방했다고 주장했지. 아버지가 이 일을 세상 사람들에게 알리려고 하자 토스베크 아저씨는 다른 죄도 만들어내서 아버지를 체포하게 했어. 아버지가 입을 다물도록 말이야."

아이의 어머니 프리다 부인은 지금 미용실에서 파트타임으로 일을 하고 있어요. 원래는 의사였는데 토스베크 씨의 영향이 너무나 커서 프리다 부인이 일하던 병원 원장은 토스베크 씨의 연락을 받고는 프리다 부인을 해고했어요. 프리다 부인은 다른 병원 일자리에 지원했지만 토스베크 씨는 수를 써서 프리다 부인이 다른 병원에서 일하는 것도 막았어요.

토스베크 씨는 아이의 아버지 카리오 씨가 자기 커피가 가짜라는 사실을 보고한 일에 복수하려고 아이의 가족을 괴롭힌 거예요. 그렇게 하면 카리오 씨가 가짜 커피에 관한 얘기를 그 누구에게도 절대로 꺼내지 않을 거로 생각한 거예요.

집으로 향하는 프리다 부인은 두통이 조금씩 사라지는 것을 느꼈어요. 부인은 아들이 얼른 보고 싶었고, 집에 가서 아들을 껴안으면 몸은 더 나아질 거로 생각했어요. 두통은 종일 윙윙거린 헤어드라이어 소음 때문에 생긴 것 같았어요.

집 마당으로 들어선 프리다 부인은 집을 잘못 찾은 거라고 잠시 착각했어요. 누군가 쓰레기를 말끔히 치우고, 낙엽을 양동이에 모아두고, 잔디를 깎고, 꽃에 물을 주었나 봐요. 망가진 의자는 뒤쪽에 쌓여있었어요. 아들 볼리가 이 모든 걸 다 했을 리는 없다고 생각했어요. 부인은 창문도 보았어요. 깨끗이 닦여 있었어요! 먼지도, 빗방울 자국도 없이 거울처럼 반짝였어요. 가타 시티에 사는 언니가 놀러 온 걸까요? 부인은 신이 나서 집 안으로 들어갔어요.

"볼리! 손님 오셨니?"

볼리는 현관으로 달려왔어요. "네, 어머니. 깜짝 방문이에요!"

"이모가 오셨구나?"

"이모 아니에요. 제 친구 로비예요."

"로비가 누구지? 네 친구가 이렇게 청소했을 리 없어. 온 집안이 정말 깔끔하잖아!"

"로비가 했어요, 어머니. 로비는 청소 로봇이에요. 지금은 화장실 청소 중이에요."

프리다 부인은 미간을 찌푸렸어요. "빌린 거니? 우린 청소 로봇을 쓸 돈이 없어. 왜 그런 짓을 했니?"

볼리는 킥킥거리며 웃었어요. "빌린 거 아니에요! 로비가 스스로 와서 청소를 해주겠다고 했어요."

"스스로 왔다고? 로봇은 스스로 행동하지 않아! 소속된 기업이 시키는 대로 일하지."

"로비는 달라요. 전 로비와 친구가 되었어요."

머릿속이 복잡해진 프리다 부인은 다시 두통이 심해지는

걸 느꼈어요. 부인은 현관에 있는 의자에 털썩 주저앉았어
요.

"토스베크 씨가 한 게 분명해. 우리 집에 부하를 보낸 거
야. 우릴 함정에 빠뜨리려고. 엄마가 몇 번이나 경고 했니,
아들아!" 부인은 목소리를 낮추고 말을 이어갔어요. "가짜 커
피나 아버지가 쓴 보고서에 관해서 얘기하진 않았지?"

"로비는 스파이가 아니에요. 아주 착한 로봇이에요. 일하
던 호텔에서 도망쳤대요."

"범죄가 또 일어났다니! 도망친 로봇을 집에 숨겼다고 우
릴 체포할지도 몰라. 우리가 훔쳤다고 주장할 수도 있어. 당
장 내보내자. 어서!"

화장실에 있던 로비는 부인의 말을 들었어요. 로비는 현관
쪽으로 외쳤어요.

"걱정하지 마세요, 프리다 아주머니. 청소 거의 다 했어요.
끝나면 바로 갈게요. 절 숨기셔야 하는 일은 없을 거예요."

"들으셨죠, 어머니? 제가 말했잖아요. 아주 착한 로봇이에
요."

"스파이인 게 분명해. 저거 봐, 내 이름도 알잖아." 아이의 어머니는 속삭였어요.

볼리는 웃었어요. "그건 얘기하다가 제가 어머니 이름을 말해서 아는 거예요."

프리다 부인은 좌우로 고개를 저었어요. "아들아, 넌 마음 씨가 너무 착해서 남이 말하는 건 다 진실이라고 생각하는구나."

로비는 화장실 청소를 마친 후 모자에게 다가 갔어요.

"프리다 부인을 도둑으로 고발하지 않아요. 전 정말 스스로 호텔에서 도망쳤거든요."

프리다 부인은 의심하는 눈초리로 로비를 쳐다봤어요. "내 아들은 속아 넘어갔을지 몰라도 난 아니야. 로봇은 스스로 행동하지 않아. 네가 토스베크 씨 스파이라는 걸 내가 알아 차리지 못했을 것 같니?"

"스파이라고요? 아니에요!"

"커피 공장에서 널 보낸 게 분명해."

"전 나쁜 사람들과 일하지 않아요. 하지만 제 말을 믿지 않으시겠죠. 말씀드렸지만 전 이 집에 머물지 않을 거예요. 전 공원에 살아요. 거기엔 좋은 친구도 있고요." 로비는 이렇게 설명하고 볼리를 향해 윙크했어요. "하지만 너보다 더 좋은 친구는 아니야."

프리다 부인은 아무 말도 하지 않았어요. 로비는 현관으로 가서 방금 닦은 손잡이를 돌려 문을 열고 마당으로 나갔어요. 볼리는 로비를 따라갔어요.

"우리 어머니가 그렇게 말씀하신 거 미안해. 아버지가 체포되신 거 때문에 많이 힘들어하셔."

로비는 이해하는 표정으로 고개를 끄덕였어요. "괜찮아, 볼리. 난 널 만나서 기뻐."

"우리 집에 또 와, 알았지?"

로비는 볼리의 어깨에 손을 올렸어요. "그래, 이제 어머니께 가 봐."

로비는 마당을 지나 도로로 나갔어요. 공원으로 향하면서 볼리를 위해 더 해줄 수 있는 게 있을지 생각하게 되었어요.

그날 저녁 로비는 분수대에서 파키를 만났어요. 로비는 파키에게 있었던 일을 들려주었어요. 둘이 앉아 있던 벤치 뒤 덤불에 누군가 있었어요. 하지만 두 로봇은 거북이가 왔다는 것을 알아차리지 못했어요. 달빛은 거북이 목에 걸린 체인 목걸이를 은은하게 비추었어요. 거북이는 이 이상하게 생긴 목걸이를 걸고 산책했어요. 목걸이를 뺄 수도 있었지만 거북이는 목걸이가 마음에 들었어요.

두 친구는 깊은 대화에 빠져있어서 주변에서 들리는 바스락거리고 탁탁거리는 소리에 주의를 기울지 않았어요.

"와! 옥수수를 볶아서 커피로 만들었다고! 마술사들이네!" 파키가 말했어요.

"마술사가 아니라 사기꾼이지! 진짜 커피는 비싸다는 걸 이용해서 토스베크 씨가 사람들을 속이고 돈을 많이 벌었어." 리틀 블랙 로봇이 말했어요.

"어째서 가짜 커피를 마신 사람들은 그걸 알아차리지 못했을까?"

"가짜 커피에 진짜 같은 맛을 더하는 화학 작용이 있으니까 알 수가 없는 거야."

"아이가 토스베크라고 한 거 맞아? 내가 알기론 아주 유명한 브랜드던데."

"맞아. 그리고 아이 어머니는 내가 토스베크 스파이인 줄 아셨어." 로비는 웃으며 말했어요.

"네 어떤 모습이 스파이라고 보신 걸까? 넌 선글라스도 없잖아. 이상한 생각을 하셨네."

"그동안 많이 지치셨던 거 같아. 원래는 의사였는데 지금은 미용사로 일하신대. 아이 엄마를 의사로 고용하지 말라고 토스베크 아저씨가 이곳 모든 병원에 블랙리스트를 돌렸다고 하잖아! 그러니 날 의심하실 만도 하지. 스파이라고 꼭 선글라스를 써야 하는 건 아니야."

파키는 웃었어요. "그러네. 스파이와 선글라스를 연결 짓는 건 너무 진부하지."

"파키, 우리가 이 가족을 도울 방법이 없을까?"

"어떻게? 토스베크 회사 전체와 전쟁을 치러야 할까? 우릴 고물상으로 보내 부수어 버릴 걸."

"그럴 수도 있겠지. 하지만 이건 너무 부당하잖아. 아무 죄 없는 볼리의 아버지를 감옥에 가둬두다니."

"로비! 넌 청소 로봇이지 변호사가 아니야."

리틀 블랙 로봇은 하늘을 올려다보았어요. "악마와 싸우는 것도 청소 일 아닐까?"

둘은 웃었어요. 그러다가 로비는 잃어버린 목걸이를 떠올렸어요.

"내 목걸이 못 찾았지?"

"응. 공원에 놀러 온 애들이 발견했다면 되찾지는 못할 거야. 그 목걸이가 왜 그렇게 중요한데? 금 목걸이야?"

"아니, 사슬에 플라스틱 병뚜껑을 단 거야."

파키는 큰 웃음을 터뜨렸어요. "병뚜껑? 병뚜껑이야 수백 개도 찾아줄 수 있어."

"특별한 목걸이야. 호텔에서 만난 절친한 친구인 제나가 준 선물이야."

로비는 목걸이의 기능을 설명해 주고 싶었지만 입을 다물었어요. 불필요하게 파키를 혼란스럽게 하고 싶지는 않았거든요. 어차피 목걸이를 잃어버렸기 때문에 목걸이에 관해 얘기하는 게 도움이 될 것 같지는 않았어요.

로비는 제나가 뭘 하고 있을지 궁금했어요. 지하실은 누가 청소할까요? 호텔 쪽으로 가서… 지하실 창문에 대고 큰 소리로 외친다면… 공원에서 깃털을 많이 갖다 줄 수도 있을 것 같았어요. 창문으로 깃털을 던져주면 제나는 분명히 로비가 보낸 거라는 걸 알아차릴 거였어요.

그런 상상을 하니 로비는 기분이 좋아졌지만 그래도 호텔로는 가지 못했어요. 정원에는 카메라가 있거든요. 로비가 호텔에 접근하면 바로 카메라가 보안 부서에 이를 알릴 테니까요.

6. 체포된 로비

다음 날, 로비가 공원에서 지렁이와 노는데 마키의 바퀴가 덜커덩거리는 소리가 났어요. 로비는 지렁이를 두고 마키에게로 갔어요.

"안녕, 마키!"

"안녕. 손은 왜 그래? 애들처럼 진흙 가지고 논 거야?"

"지렁이들이 지날 수 있는 통로를 만들고 있었어. 불쌍하게도 다니는 데 지쳐 보여서 말이야. 가만히 있느니 도울 수 있는 일을 하고 싶었어."

"넌 참 이상하다, 로비! 지렁이 생각까지 한다니. 어쨌든 바쁜 일은 없는 게 분명하니 같이 장 보러 가자."

"당연히 가야지. 이미 좋은 계획을 세워뒀어." 로비가 답했어요.

"카트에 아이스크림을 넣을 계획이구나."

"글쎄, 그것도 할지 모르겠네."

둘은 농담을 주고받고 웃으며 함께 마트로 갔어요. 로비는 이번에도 카트를 밀었어요. 몇몇 쇼핑 로봇은 이 둘을 쳐다보며 어떤 상황인지 이해하려고 애를 썼어요. 로봇이 로봇을 다루는 모습은 처음 봤기 때문이에요.

마트에 들어서자 마키는 향수 진열대로 향했어요. 쇼핑 목록에는 세 가지 향수 이름이 적혀 있었어요. 마키는 진열대를 살폈어요. 로비는 자기 계획을 실천하고 싶어서 안달이 났어요.

"난 커피 있는 데로 갈게."

"커피는 목록에 없어."

"커피를 사려는 게 아니야. 어떤 상품이 있는지 보려고 그래."

"알았어. 다 보고 내가 있는 쪽으로 와."

로비가 원하는 구역을 찾는 데에는 오래 걸리지 않았어요. 로비는 재빨리 선반을 훑었어요. 토스베크 커피 포장지가 커피 구역을 거의 전부 차지하고 있었어요. 로비는 손바닥에서 유리를 긁어내는 데 쓰는 도구를 꺼냈어요. 아주 날카로운 도구였어요. 로비는 가장 가까운 선반으로 손을 뻗어 커피 포장지에 2센티미터 길이로 구멍을 냈어요. 그렇게 모든 토스베크 커피 포장지를 망가뜨렸어요. 한 여성 손님이 커피 진열대로 다가오자 로비는 얼른 다른 곳으로 갔어요.

로비는 농산품 구역에서 마키를 만났어요.

"어디에 있었던 거야?" 마키가 따져 물었어요.

"일이 좀 늦어졌어."

마키는 웃었어요. "혹시 마트에서 일자리 알아본 거 아니야? 넌 이상한 짓 많이 하잖아."

"나중에 얘기해줄게. 가자, 장 보는 거 끝내야지."

마키는 10킬로그램짜리 수박을 두 팔로 들어 카트에 넣었어요.

"집에서 파티 해?"

"무슨 파티? 집에 손님이 온 적은 한 번도 없어."

"그렇다면 이 큰 수박을 혼자 먹을 거라는 거야?"

"4분의 1 정도 먹고 나머지는 버릴 것 같아."

"그러면 4분의 1만 갖다 주자." 로비가 제안했어요.

마키는 키득거렸어요. "네가 쇼핑 로봇이었으면 아마 일을
시작하고 다음 날에 바로 해고됐을 거야."

"난 네가 더 걱정이야. 난 네가 어떻게 이런 반복되는 일만
하면서 잘 견디는지 이해가 안 돼."

"익숙해지면 돼. 너무 신경 쓰지 마."

둘은 함께 출구 쪽으로 갔어요. 그런데 경비 한 명이 서둘
러 옆을 지나갔어요. 마트에 무슨 일이 생긴 게 분명했어요.

"어딜 저렇게 급하게 가는 거지?"

로비는 친구의 질문에 차분하게 답했어요. "커피 진열대로
가는 걸 거야."

"그걸 네가 어떻게 알아? 잠깐만! 너도 거기 있었잖아! 로

비, 무슨 꿍꿍이야?"

"알고 싶다면 가서 보자." 로비는 경비가 향한 곳으로 몸을 돌렸어요. 마키는 로비를 따라갔어요. 둘이 마주한 장면은 이랬어요. 찢긴 포장지에서 커피 가루가, 아니 정확하게는 볶은 옥수수 가루가 쏟아져 온 곳에 흩어져 있었어요. 마트 관리자도 현장에 있었는데 손에는 토스베크 커피 봉지를 들고 있었어요.

"무슨 회사가 이래! 우리한테 불량 커피 포장지에 커피를 담아 넘기다니!"

로비는 친구에게 짓궂게 속삭였어요. "난 저 말이 무슨 뜻인지 알아."

반면에 마키는 쏟아진 커피를 보고 걱정했어요. "무슨 낭비람. 토스베크 커피는 아주 비싼데 말이야."

"안타까워하지 마. 어차피 진짜 커피도 아니야."

"아니야? 네가 어떻게 알아? 너 커피 전문가라도 돼?"

"어제 볼리라는 아이를 만나고 알게 됐어. 아이 아버지가 토스베크 회사에서 일했거든. 이것 봐, 사교성을 키우면 남들에게서 많은 걸 배우게 된다니까."

마키는 친구를 머리끝에서 발끝까지 샅샅이 훑었어요. "네
가 뭔가 한 거지, 그렇지?"

로비는 왼쪽 손을 펼쳤고 오른쪽 검지로 왼쪽 손가락을 하
나씩 가리켰어요. "네가 했어? 네가 한 거야?" 그런 뒤 마키를
쳐다봤어요. "내 손가락은 묵비권 행사하겠대."

"당장 여기서 나가자! 카메라가 널 촬영했을 거야. 결국 고
물상으로 가는 신세가 되고 싶어?" 마키가 외쳤어요.

두 친구는 서둘러 마트에서 나왔어요. 안전할 정도로 멀어
진 후에 로비는 친구에게 무엇을, 왜 했는지 설명했어요. "그
아이와 가족 때문에 진심으로 마음이 아팠어. 그 회사를 내
가 직접 벌주고 싶었어."

"로비, 사람들 일에 참견하지 마. 사람들이 알아서 대처하
게 돼."

"하지만 우리와도 상관있는 일이야."

"어째서?"

"가짜 커피를 만들 수 있다면 가짜 로봇도 만들 수 있을 거

야. 가짜 칩에 가짜 충전 장치에… 충전하려고 플러그를 꽂으면 충전은 되지도 않는데 무작정 기다리게 되는 거지."

"지금은 그런 위험은 없어. 넌 괜히 미리 걱정하는 거야."

"지금은 그럴지도 몰라. 하지만 부조리 앞에서 입 다물고 있으면 그런 날은 더 빨리 올 거야. 사기꾼들을 부추기는 건 그들이 하는 짓을 눈감아 주는 거야."

"그 말이 맞기는 하지만…."

"그 아이 소개해 줄까? 참고로 걔네 집 냉장고에는 정말로 아무것도 없어."

"네가 무슨 생각인 건지 알 것 같아. 하지만 걔네 냉장고에 관해서 내가 할 수 있는 건 없어. 목록에 있는 물건을 배달하지 않으면 다른 스마트 쇼핑 카트가 내 자리를 빼앗을 거야."

"알았어, 그냥 만나기만 해."

로비가 앞서서 길을 안내하고 마키는 로비 뒤를 따르며 둘은 스토니 동네로 향했어요. 동네 구경꾼들은 창문으로 망가진 인도 위를 덜컥거리고 비틀거리며 나아가는 둘의 모습을 쳐다봤어요. 카트에 실린 물건에 시선을 고정하기도 했지요.

그들은 감탄하며 '저 로봇이 우리 집으로 오는 거였으면 좋겠다…'라는 생각을 하기도 했어요. 카트에서 물건을 꺼낼 방안을 고민해 보는 사람도 있었어요. 하지만 스마트 쇼핑 카트에서 물건을 빼낼 수는 없다는 것을 잘 알았어요. 경고음이 울리자마자 다섯, 여섯, 어쩌면 열 대의 로보캅이 당장 달려올 테니까요.

로비와 마키는 볼리의 집 앞에 도착했어요. 로비가 손가락을 뻗어 초인종을 누르려고 했는데 누르기도 전에 문이 열렸어요. 볼리가 창문에서 둘이 온 것을 이미 본 거예요.

"친구를 데려왔어. 널 만나고 싶대." 로비가 말했어요.

볼리의 눈은 똥그래졌어요. "와, 되게 크다! 우리 주려고 가져온 거야?" 볼리는 기뻐하며 물었어요.

마키는 망설였어요. 아니라고 답하면 아이의 표정에 나타난 기쁨은 사라질 테니까요.

"맞아. 너 주려고 가져왔어." 마키는 이렇게 답했어요. 그러고는 카트에 달린 디지털 자물쇠를 열어 거미 팔로 10킬로그램짜리 수박을 조심히 꺼냈어요.

"어디에 둘까?"

볼리는 부엌으로 달려갔어요. "여기!" 볼리는 조리대를 가리켰어요. 마키는 아이가 가리킨 곳에 수박을 살며시 내려놓았어요.

"사흘간 다른 건 안 먹고 수박만 먹더라도 다 못 먹을 것 같아!" 볼리는 신이 나 외쳤어요.

"그렇게 과장할 정도는 아니야." 로비는 칼을 찾아 두리번거렸어요.

"잘라줄까?"

"응, 어머니가 오실 때까지 못 기다리겠어." 볼리는 서랍에서 큰 칼을 꺼내 로비에게 주었어요. 리틀 블랙 로봇은 수박을 크게 잘라 아이에게 건넸어요. 그리고 나머지는 냉장고에 넣어두었어요.

볼리는 햄스터처럼 수박을 먹기 시작했어요. 그리고 반쯤 먹었을 때 마키를 보며 감사 인사를 했어요. "고마워. 정말 맛있다."

마치 새로운 전류가 마키를 통한 것만 같았어요. 전기 회

로에 새로운 칩이 더해진 듯했어요. 마키는 그동안 자기 주인이 배달해 달라며 중얼거리던 품목 리스트 외에는 들은 게 없다시피 했는데 이 아이가 수박 한 조각을 줬다고 고맙다고 말해 주었어요. 마키는 사람들이 감정이라고 부르는 것을 서서히 알게 되는 것 같았어요. 새로운 기분에 영향을 받은 마키는 볼리를 위해 다른 것도 해줘야겠다는 생각이 들었어요.

"네 아버지 얘기 들었어. 부당함과 싸우는데 뭐라도 해야 할 것 같아."

리틀 블랙 로봇은 마키의 머리에 뽀뽀했어요. "네가 착한 로봇이라는 걸 난 의심하지 않았어. 무슨 좋은 생각 있니?"

"다른 쇼핑 로봇들한테 메시지를 보낼 거야. 이제 아무도 토스베크 커피를 사서는 안 돼."

"하지만 쇼핑 로봇들은 쇼핑 목록을 따라야 한다며?"

"설명하면 되지. 토스베크 커피가 다 떨어졌다고 하면 돼. 수박도 없었다고 말할 거야."

볼리는 이 계획이 마음에 들었어요. 하지만 다른 걱정도 생겼어요.

"커피 봉지 몇 개가 안 팔린다고 크게 달라질까? 그 아저씨 공장은 엄청 커."

로비는 아이의 머리를 쓰다듬었어요. "어떤 집단이든 과소평가해서는 안 돼, 볼리."

마키는 말을 이어갔어요. "난 로봇 친구 다섯에게 말할 거야. 그 친구들은 다시 자기 친구들한테 말하겠지. 그 친구들은 다시 각자의 친구들한테 알릴 거고…, 하루 만에, 단 하루 만에 로봇 오천 대까지 알릴 수 있어."

깜짝 놀란 볼리의 눈이 커졌어요. "와! 정말 되겠다!"

"그랬으면 좋겠다." 마키가 말했어요.

볼리네 집에서 나가자마자 마키는 바로 행동을 개시했어요. 마키는 볼리 아버지가 당한 부당한 일에 관해 쇼핑 로봇 다섯 대에 전했어요. 어떤 일을 해야 하는지도요. 짧은 시간 동안 연락망에 연결 고리 수백 개가 더해졌어요. 커피 진열대를 지나는 쇼핑 로봇들은 토스베크 상표가 붙은 커피를 외면하기 시작했어요. 온라인으로 쇼핑하는 사람들도 토스베크 상표를 보지 못했어요. 인터넷은 완전히 로봇들이 통제하기 때문이에요.

3일 후, 상점에서 재고를 관리하는 로봇들은 토스베크 커피 판매량이 준 것을 확인했어요. 따라서 토스베크 공장에 주문을 하지 않게 되었어요.

"판매량이 크게 떨어졌습니다. 커피를 보관하는 공간이 재고로 꽉 찼어요." 로봇들은 말했어요.

일부 상점에서는 판매되지 않은 상품을 반납하기까지 했어요.

쇼핑 로봇들의 조용한 시위는 다른 업무를 맡은 로봇들에게도 빠르게 알려졌어요. 이 로봇들도 뜻을 합친 쇼핑 로봇들로부터 영향을 받았어요. 작은 저항이, 몇 가지 변화가, 소소한 생활 투쟁이, 그리고 조금의 지혜가 로봇들의 참여를 불러왔어요.

거리의 디지털 광고판에는 이상한 이미지와 문구가 나타났어요. 토스베크 커피를 마시는 사람이 닭처럼 '꽥꽥' 울고 아래에는 다음 자막이 지나갔어요.

"닭처럼 꽥꽥 울고 알을 낳고 싶은 사람은 토스베크 커피를 마시기를 바랍니다. 이 커피는 볶은 옥수수로만 만들었기 때문이죠."

커피 공장에 설치된 카메라는 실시간 이미지를 바깥에 흘렸어요. 커피콩 대신에 옥수수로 커피를 만드는 과정이 담긴 이미지를요.

애니메이션을 만드는 로봇들은 커피를 마시는 닭에 관한 밈을 만들었고 이를 인터넷에 공유했어요. 마치 모든 AI 시스템이 볼리의 아버지를 위해 캠페인을 벌이는 듯했어요.

로봇들 사이에서 일어난 움직임은 사람들에게도 퍼졌어요. 토스베크 제품에 대한 항의는 알게 모르게 운동이 되었어요. 식품공학자들은 처음에 이것이 단순히 유행하는 농담인 줄 알았어요. 그러다가 일부가 커피 포장지 안에 실제로 뭐가 들어있는지 궁금해 하게 되었어요. 그래서 각기 다른 상점에서 파는 커피를 연구소로 가져와 갈색 가루를 검사했어요. 검사 결과를 보고 경악했지요. 커피라고 생각했던 것이 정말로 볶은 옥수수 가루였으니까요! 매우 화가 난 그들은 보고서를 준비해 '식품의약품안전처'에 보냈어요.

'식품의약품안전처'에서 보고서를 검토하는 동안 이 사기 사건에 관한 소식은 인터넷에서 빠르게 퍼졌어요. '식품의약품안전처'보다 더 빨리 움직인 변호사들도 있었어요. 그들은 볼리의 아버지 카리오 씨를 찾아가 직접 사연을 들었어요. 변호사들은 죄 없이 감옥에 간힌 카리오 씨를 돕기로 했어요.

"여기서 꺼내드리겠습니다. 잘 변호해 드릴게요. 다른 보고서도 저희가 확보했습니다." 변호사들이 말했어요.

더 강력한 증거를 확보하기 위해 변호사들은 토스베크 커피 세 봉지를 국제적으로 명성 있는 연구소에 보냈어요. 그곳에서 작성한 보고서를 무시할 법정은 없었어요.

사람과 로봇 모두가 열심히 보여준 노력은 보답을 받았어요. 카리오 씨는 무죄 판결을 받았고 법원은 카리오 씨를 풀어주었어요. 이 모든 일이 있고 나자 '식품의약품안전처'에서는 토스베크 회사가 저지른 사기를 못 본 체할 수 없었어요. 토스베크 씨는 곧 큰 벌을 받게 될 거예요.

볼리네 집은 잔치 분위기가 되었어요. 프리다 부인은 집으로 돌아온 카리오 씨를 축하하는 케이크를 구웠어요. 볼리는 특별한 날에 로비와 마키를 초대했어요. 모두 케이크가 놓인 식탁에 둘러앉았어요. 하지만 볼리네 집에는 다른 손님도 있었어요. 초대 받지 않은 손님이었죠! 아주 특별한 파리 한 마리였어요! 케이크에서 나는 달콤한 향기를 맡고 들어온 건 아니었어요. 특정한 임무를 맡아 들어온 거였어요. 파리는 커튼 봉 위에 앉았어요. 파리 주둥이 끝에는 아주 작은 카메라가 달려 있었어요. 카메라는 부엌에서 무슨 말을 하는지, 어떤 일이 일어나는지를 실시간으로 토스베크 씨 사무실 벽에 붙어 있는 스크린으로 보냈어요. 로봇 파리는 진짜 끔찍했어요.

카리오 씨는 아들의 로봇 친구들과 악수했어요.

"고맙다. 그동안 너희가 해준 모든 것 덕분이야. 기념 케이크를 너희도 맛볼 수 있다면 참 좋겠구나."

로비는 미소를 지었어요. "그러시다면 적어도 먹는 흉내는 내 볼게요."

로비와 마키는 소꿉놀이하는 아이들처럼 케이크를 먹고

음료를 마시는 흉내를 냈어요.

"너희 덕에 진실이 알려졌어. 토스베크에서 지금부터 진짜 커피를 판다고 해도 사람들은 사주지 않을 거야. 이제 그 회사를 믿지 않으니까. 로봇이 사람보다 더 조직적으로 활동한다는 게 참 신기하구나. 너희한테서 배울 게 많을 것 같다."

스크린에서 흘러나오는 대화를 들은 토스베크 씨는 자기 머리카락을 쥐어뜯었어요. 쥐어뜯을 머리카락이 많은 것도 아니었지만요. 여하튼 치밀어 오르는 분노에 머리카락을 쥐어뜯었어요.

"그러니까 이 로봇들이 문제의 근원인 거야! 멍청한 깡통 같으니! 물론 대가를 치르게 해줘야지!" 토스베크 씨는 고함을 질렀어요. 이어서 전화기를 들었어요. 자기와 친한 로보캅 관리자인 보네 씨에게 전화를 걸었어요.

"어이, 보네! 내 일거리 하나 주지."

보네 씨는 교활한 웃음소리를 냈어요. "해주면 뭘 줄 건데?"

"커피 10킬로그램 보내줄게."

"커피? 자네 커피 마시면 닭처럼 꽥꽥 우는 거 아니었어?"

"말도 안 되는 소리 하지 마! 그동안 우리 커피 마셔왔잖아. 그것도 공짜로! 자네가 언제 꽥꽥 울어댔나?"

보네 씨는 전화기에 대고 닭 울음소리를 냈어요.

"그만 해! 난 지금 농담할 기분이 아니야. 고물상으로 보내야 할 로봇 두 대에 관한 정보를 주겠네. 카리오 씨의 집에 있어. 당장 둘을 체포해서 깡통 무덤으로 보내!" 토스베크 씨가 외쳤어요.

"알았어, 우리가 알아서 하지. 약속한 대로 커피 10킬로그램 보내. 밀가루로 만들었든, 옥수수로 만들었든 커피는 커피니까."

10분 후 카리오 씨네 집에 로보캅 스무 대가 들이닥쳤어요. 이들은 카리오 씨의 집을 빈틈없이 에워쌌어요. 지붕으로 올라간 로보캅도 세 대나 되었어요. 그들은 초인종을 누르지도 않았어요. 대신에 문을 부수고 들이닥쳤어요. 집에 있던 사람들은 부엌에 모여 자기 접시에 놓인 케이크 조각을 반도 채 먹지 못한 상태였어요. 문을 부수는 소리를 들은 카

리오 씨는 자기를 체포하러 로보캅이 온 줄 알고 불안해하며 자리에서 일어났어요.

"잠깐만요! 잠깐만요! 법원에서 날 풀어줬어요! 증명 서류도 있어요!" 카리오 씨는 외쳤어요.

하지만 로보캅들은 카리오 씨를 옆으로 밀치고 마키와 로비를 꽉 붙잡았어요. 그리고 저항하는 두 로봇을 집에서 억지로 끌어냈어요. 로비는 다시 제나가 준 선물을 떠올렸어요. "지금 그 목걸이가 내 목에 걸려 있었더라면 좋았을 텐데. 날 열 배나 더 강하게 해줬을 테고 날 붙잡은 이 괴물들에게서 빠져나갈 수 있었을 텐데."

로보캅들은 발버둥 치는 두 로봇을 카리오 씨 집 앞에 대기하던 검은색 차에 싣고 차 문을 닫았어요. 볼리는 자기를 붙잡고 있던 어머니의 손을 뿌리치고 거리로 튀어 나갔어요. 볼리는 작은 주먹으로 검은색 차 뒷부분을 때렸어요.

"내가 구해줄게! 구해줄게!"

로보캅들은 웃음을 터뜨렸어요. 운전자 없는 검은색 차는 내비게이션 안내에 따라 고물상으로 향했어요.

7. 숲속의 작은 영웅들

축구장만큼 넓은 고물상은 높은 콘크리트 벽에 둘러싸여 있었어요. 검은색 차가 도착하자 고물상 정문이 자동으로 열렸어요. 차는 정문 근처에서 멈췄어요.

"다 왔나 봐." 로비가 말했어요.

두 로봇은 누군가 자기들을 꺼내주길 기다렸지만 아무도 오지 않았어요. 차 지붕에 틈새가 나 있었는데 그 부분이 벌어지면서 차 지붕이 열렸어요. 로비는 하늘을 올려다보았어요.

"경치가 나쁘진 않네." 로비는 웃었어요.

마키는 로비와는 달리 불안해했어요. 고물상이 삶의 마지막 목적지가 될 거라고 생각했어요.

차 지붕이 완전히 열리자 두 로봇이 있던 바닥이 달그락거렸어요. 그러더니 스프링이 달린 발판처럼 바닥이 위로 튕겼어요. 로비는 떨어지지 않으려고 아무거나 붙잡으려 했어요. 마키도 마찬가지였어요. 하지만 곧 그럴 필요는 없어졌어요. 부딪힌 바닥은 둘을 로봇 부품이 쌓인 곳으로 던졌으니까요.

이리저리 부딪힌 로비는 가까스로 균형을 되찾았어요. 멍했지만 정신을 잃지는 않았어요. 로비는 금속 부품 사이에서 마키를 찾으려 했어요. 마침내 냉장고 옆에 거꾸로 있던 마키를 발견했어요. 마키의 바퀴는 허공에 떠 있었고 여덟 개였던 팔은 네 개만 남았어요. 로비는 친구에게로 가려고 했어요. 하지만 바닥에 깔린 구부러진 금속 부품 때문에 걷는게 힘들었어요. 그래서 걸어가는 대신에 무릎을 대고 마키가 있는 곳까지 기어갔어요.

"마키. 마키, 괜찮아?" 로비가 속삭였어요.

거꾸로 있던 마키의 머리가 살짝 움직였어요. "로비, 너 왜 거꾸로 있어?"

로비는 살짝 웃었어요. "거꾸로 있는 건 내가 아니라 너야."

로비는 마키의 카트 부분을 붙잡고 바로 세워주었어요. 마키는 주변을 둘러봤어요.

"여길 좀 봐! 우리도 이렇게 분해되는 걸까?"

"우린 아직 멀쩡해. 그러니까 여기서 빠져나갈 수 있어."

마키는 콘크리트 벽을 가리켰어요. "망치가 있다고 해도 쓸모가 없을 것 같은데."

그때 마키의 말을 잇는 어떤 목소리가 들렸어요.

"안녕, 운 좋은 친구들! 좋아 보이네. 지금 에즈로는 이틀이나 쓰러져 있으니까."

로비는 새로운 목소리가 들리는 쪽으로 고개를 돌렸어요. 그곳에는 전갈처럼 생긴 노란색 로봇이 서 있었어요. 로봇은 다섯 개의 작은 눈으로 로비와 마키를 쳐다봤어요.

"넌 누구니? 너도 우리처럼 고물상에 던져진 거야?"

전갈처럼 생긴 로봇은 꼬리를 쭉 폈어요. "아니, 난 여기서 일해. 이름은 전갈칩이야."

"정말 전갈처럼 생겼다. 그런데 이름에 '칩'은 왜 붙은 거야?" 로비가 물었어요.

"내가 하는 일은 칩을 빼는 거거든. 이곳에 보내진 로봇에 삽입된 칩을 빼는 거야. 칩은 비싸서 다시 쓰니까. 깡통이랑 같이 부수면 안 돼."

"우리 칩도 빼러 온 거야?" 이번엔 마키가 물었어요.

"당연하지. 말했잖아, 그게 내 일이라고."

"그런 게 어디 있어! 우린 잘못한 게 하나도 없는데."

"난 그런 건 몰라. 그냥 내 일을 할 뿐이야."

"난 네 사고방식이 이해가 안 돼. 네가 하는 일이 좋은 건지 나쁜 건지 왜 생각을 안 하는 거야?" 리틀 블랙 로봇이 말했어요.

"이런! 이곳에 반항아를 보낸 건가?" 전갈칩이 외쳤어요.

"반항하는 게 아니라 단지 이해하고 싶은 거야."

마키는 남은 네 개 팔 중 하나로 로비를 가리켰어요.

"앤 진정한 영웅이야. 죄 없는 사람을 감옥에서 구해줬어."

"마키, 네가 없었다면 아무것도 하지 못했을 거야. 네가 진정한 영웅이지."

"그렇지만 네가 시작했잖아."

전갈칩은 다섯 개 눈 중 세 번째 눈을 두 로봇에 맞추었어요.

"서로 칭찬이나 쏟아주지 말고 어떤 영웅다운 일을 했는지 들려줘."

로비와 마키는 서로 번갈아 가며 그동안 있었던 일을 얘기했어요. 토스베크 씨가 어떻게 속였는지, 카리오 씨를 어떻게 도왔는지, 다른 로봇들과 어떻게 협력했는지 말했어요.

전갈칩은 집게발로 자기 머리를 긁었어요. "그런 일로 이곳에 온 로봇은 너희가 처음이야. 진심으로 존경스럽다."

"우리가 처음은 아닐지도 몰라. 네가 다른 로봇의 사연을 들을 기회가 없어서 그런 거겠지."

"그럴 수도 있겠다. 어쨌든, 너희가 대단한 일을 한 건 맞지만 난 너희 칩을 빼야 해. 사실 칩이 없는 게 너희한텐 나을 수도 있어."

로비는 이 말을 이해하고 싶었어요. "그게 무슨 소리야?"

"에즈로가 너흴 부술 때 칩이 없으면 아무것도 못 느낄 테니까. 칩이 있으면 너희는 자신의 죽음을 목격하게 될 거야. 쉬운 일이 아니지."

"에즈로는 누구야?" 마키가 물었어요.

전갈칩은 집게발로 50미터쯤 떨어진 곳에 있는 기계를 가리켰어요. 그 기계는 부품이 많았는데 기중기, 망치, 삽도 붙어 있었어요.

"지금은 고장 났는데 누군가 곧 고치러 올 거야."

"안 올 수도 있어. 여길 잊었는지도 몰라." 마키는 순진하게 대꾸했어요.

전갈칩은 킥킥거렸어요. "분명히 올 거야. 괜한 기대는 하지 마."

로비는 마키의 머리를 쓰다듬으며 위로했어요. "에즈로를 고치기 전에 여기서 빠져나갈 방법을 찾아보자. 걱정하지 마."

전갈칩은 웃었어요. "에즈로 작업장에서 도망친 로봇은 본적이 없어."

"그렇다면 우리가 역사를 다시 쓰겠네." 로비는 이렇게 말하고 높이 8미터 벽을 가리켰어요. "저 벽에 구멍 하나를 뚫을 수만 있다면…"

"저 벽에 구멍을 뚫으려면 지금보다 열 배는 힘이 세야 할 거야. 성공한다면 너희 실력을 인정하고 도망치는 걸 눈 감아 줄게."

로비는 개수가 반으로 준 마키의 팔을 쳐다봤어요. 마키의 팔은 마트 선반으로 뻗어 작은 상자를 카트에 담을 정도의 힘만 있었어요. 10킬로그램짜리 수박도 들 수 있었지만 이 두꺼운 벽을 뚫으려면 50킬로그램짜리 수박을 들 수 있을 정도의 힘이 필요했어요. 로비 자신의 힘은 창문을 닦고 먼지를 털고 바닥을 쓰는 정도로만 소용이 있었어요. 로비는 다시 제나가 준 목걸이를 떠올렸어요. 목걸이를 잃어버렸다니! 목걸이가 사라졌다니!

두 로봇 친구가 힘이 빠진 채로 서로를 바라보는데 바람이 살랑 불어왔어요. 그 바람결에 고철 더미에서 새 깃털 하나가 두둥실 떠올라 그들에게로 날아왔어요. 로비는 손을 들어 깃털을 잡았어요.

"반사 신경이 좋구나." 전갈칩이 말했어요. "사실 말이야, 너처럼 재능 있고 꿈 많은 로봇한테서 칩을 빼야 한다는 건 참 슬픈 일이야."

로비는 깃털을 빙그르 돌렸어요. "제나는 새 깃털을 참 좋아했는데."

"제나는 또 누구야? 너희 무리 중 하나야?"

"제나는 나를 일하던 호텔에서 도망칠 수 있게 도와준 발전기야. 재밌는 친구였어. 깃털로 자신을 꾸미기도 했지."

전갈칩은 고개를 저었어요. "그렇다면 나쁜 소식을 전해야 할 것 같아. 네 친구도 여기에 있어."

"제나가 고물상에 와있다고?"

"응, 며칠 전에 왔어. 네가 말한 것처럼 깃털을 뒤덮고 있더라."

로비는 전갈칩의 집게발을 부여잡았어요. "어디 있어? 너

아직 제나 칩 빼지 않았지?"

"안 뺐어. 다른 일이 많아서 아직 제나는 처리하지 못했어." 전갈칩은 고철 더미에 있는 노란 금속 상자를 가리켰어요. "저기 있네, 바로 네 앞에 말이야!"

리틀 블랙 로봇은 그곳으로 가서 제나의 몸통인 금속 상자에 매달렸어요. 제나는 꿈쩍도 하지 않았어요. 에너지가 필요한 것 같았어요.

"제나! 나야, 로비야!"

제나는 친숙한 목소리에 약간 움직이는 반응을 보였어요. 제나는 남은 연료가 거의 없어서 에너지를 아끼기 위해 속삭였어요.

"다시 보니 정말 반갑다, 로비. 네가 고물상이 아니라 밖에 있었더라면 더 좋았을 텐데. 넌 부서지기에는 너무 어려."

"우린 여기서 빠져나갈 거야. 너도 구해줄게!"

"어떻게? 난 바퀴도 없고 다리도 없어서 너랑 갈 수 없어. 난 그냥 고철 덩어리야."

전갈칩과 마키도 제나가 있는 곳으로 왔어요.

"제나가 쓸 만한 바퀴가 없을까? 이곳엔 안 쓰는 부품이 엄청 많을 것 같은데." 로비가 물었어요.

전갈칩은 어두운 표정으로 고개를 저었어요. "뭐야, 제나가 뭉개지기 전에 개처럼 데리고 산책시키려는 생각이야?"

"아니, 여기서 나갈 거야. 제나도 데리고 갈 거야."

"난 도통 이해가 가지 않아. 이게 무슨 관계인 거야? 로봇은 인간을 위해 움직이지 서로를 위해 움직이지 않아." 전갈칩이 말했어요.

"우린 예전에도 그런 적 있어! 제나가 날 호텔에서 탈출시켜 줬어. 이젠 내 차례야. 제나한테 바퀴를 붙여주면 우리처럼 편하게 이동할 수 있을 거고, 그렇게 우리와 함께 도망칠 수 있을 거야."

마키는 로비만큼 기대하지는 않았어요. "제나는 지금 연료가 거의 없어. 연료 표시판 봐봐."

로비는 전갈칩에게 고개를 돌렸어요. "이런 곳엔 연료를 채울 만한 시설이 있겠지?"

"하! 여기가 무슨 주유소인 줄 알아?"

"제발, 전갈칩!"

이 모든 일은 전갈칩에게는 완전히 새로웠어요. 전갈칩은 로봇들이 함께 무언가를 이룰 수 있을 거로 생각하지 못했어요. 전갈칩은 고물상으로 보내지는 로봇의 요구를 거절할 권한이 있었어요. 하지만 한 번도 보지 못한 쇼를 보고 싶은 마음이 생겼어요. 그 쇼를 보고 난 후 다 끝나면 커튼을 치고 무대를 부수면 될 거라 생각했어요.

"확인해 볼게." 전갈칩은 세 친구에게서 멀어졌어요.

"헛된 희망을 품게 하지 마, 로비. 우리는 저 벽을 뚫고 나갈 수 없어." 마키가 말했어요.

"하지만 우린 성공한 적이 있잖아."

"우리가 벽을 뚫고 나간 적은 없는 것 같은데."

"토스베크라는 벽을 뚫었잖아. 우린 돈의 힘을 이겼어."

"그거야 다른 로봇들도 도왔으니까. 하지만 이 고물상엔 우리밖에 없어."

"그때 네가 신호를 보냈지. 지금도 신호를 보낼 수 있잖아."

"우린 시내에서 멀리 떨어져 있어. 여기까지 올 수 있는 로봇은 없을 거야."

"여기까지 오진 못해도 이 근처에 있는 자기 친구들한테 연락할 수는 있을 거야."

마키는 그렇게 해도 달라질 건 없을 거라고 여겼어요. 그래도 근처에 있는 친구 다섯에게 신호를 보내두었어요.

그사이에 전갈칩이 카트를 하나 가지고 왔어요. 카트에는 바퀴 네 개와 5리터짜리 연료통이 실려 있었어요. 전갈칩은 자기 역할에 빠져 있는 듯했어요.

"난생처음 고물상에 버려진 로봇들을 돕고 있자니 희한하게 신이 나. 로비, 이런 기분이 드는 이유가 뭘까?"

"그건 공감이라는 감정일 거야."

"그거 좋은 거야?"

"좋은 일을 해서 생긴 감정이라면 좋은 거지."

"좋은 일이 아니면 어떡하지?"

"우린 살고 싶은 거야! 이건 좋은 일이라고!"

전갈칩은 카트에서 연료통을 내리고 제나의 연료 탱크를

열었어요. 그리고 제나에게 연료 5리터를 부었어요. 제나는 즉시 기운을 되찾고 몸에 붙인 깃털을 다듬었어요. 죽지 않은 것에 감사하며 제나는 하늘을 올려다보았어요. 하지만 하늘 위에 무언가 보였고 그것 때문에 제나는 이상한 소리를 냈어요.

"얘들아! 혹시 나 꿈꾸는 거야? 나한테 무슨 연료를 준 거니?"

다른 로봇들도 하늘을 올려다보았어요. 제나는 헛것을 본 게 아니었어요. 하늘에는 거북이 한 마리가 날고 있었어요. 더 특이한 점은 거북이는 목에 병뚜껑 목걸이를 걸고 있다는 거였어요.

로비는 팔을 들어 가리켰어요. "쟤야! 바로 저 거북이! 공원에서 만난 거북이야! 내가 잃어버린 목걸이를 찾았네!"

심지어 거북이를 본 전갈칩의 다섯 개 눈도 놀라움으로 가득 찼어요.

"내가 로봇이 아니었다면 난 꿈을 꾸고 있다고 믿었을 거야." 전갈칩은 어리둥절했어요.

로비는 하늘을 향해 외쳤어요. "목걸이 줘! 목걸이 떨어뜨려 줘!"

하지만 거북이는 여전히 로비가 하는 말을 알아듣지 못했어요. 거북이는 목걸이가 주는 에너지를 나는 데 활용했어요. 달빛 공원에서 몇 번 연습한 다음 숲으로 날아가기로 마음먹었어요. 숲은 고물상 바로 옆에 있었어요.

거북이가 더는 보이지 않자 로비는 실망하며 고개를 내렸어요.

"목걸이를 떨어뜨려 줬다면 내가 혼자서 벽을 부술 수 있었을 텐데."

"네 의지라면 목걸이가 없어도 저 벽을 부술 수 있을 거야." 전갈칩이 말했어요. 그리고 카트에서 바퀴를 꺼냈어요. "자, 제나를 날게 할 수는 없다고 해도 움직일 수는 있게 해주자."

로봇들은 제나를 옆으로 눕힌 후 제나 아랫부분에 바퀴 네 개를 달아주었어요.

"제나, 좀 움직여 봐. 바퀴가 제대로 작동하는지 보자." 로비가 말했어요.

제나는 망설이며 앞으로 1미터 움직였어요. 그러다가 점점 자신감이 생겨 앞으로, 뒤로 움직이더니 더 용기를 내고는 원을 그리며 가보기도 했어요.

"이러다 제나도 날겠는 걸?" 전갈칩의 한 마디에 다들 웃음을 터뜨렸어요. 바로 그때 벽 뒤에서 콰르릉거리는 소리가 났어요. 벽이 흔들리더니 갈라졌고 시멘트 가루가 공중에 날렸어요.

"하늘을 나는 거북이 친구의 작품이라고 해도 놀랍지 않을 거야." 전갈칩이 농담을 했어요.

로봇들이 지나갈 수 있을 정도의 구멍이 벽 아래에 생겼어요. 로봇들은 얼른 그곳으로 가서 누가 이 기적을 일으켰는지 확인했어요. 하지만 거북이는 아니었어요. 팔짱을 낀 암석 드릴 로봇이 그들을 맞이했어요.

"안녕, 친구들!" 드릴 로봇이 인사했어요. "여기서 빠져나가려고 하는 로봇이 있다고 도시 친구들한테서 들었어. 그게 너희니?"

"그게 우리야!" 마키는 신이 나서 외쳤어요.

"잘됐네. 그럼, 내가 제대로 뚫었나 봐. 난 근처에서 터널 작업 중이야. 도움이 필요하면 큰 소리로 날 불러. 바로 올게." 드릴 로봇은 이렇게 말하고는 숲 쪽으로 돌아갔어요.

제나는 기뻐하며 뱅글뱅글 돌았어요. "믿어지지 않아! 우린 자유야! 자유라고!"

전갈칩은 여전히 어리둥절해서 부서진 벽을 쳐다봤어요. 단순한 상상 놀이 정도로 생각했던 일이 현실이 되어 나타나 있었어요.

"너흰 말이야! 너흰 하늘을 나는 거북이보다도 더 신기해!"

로비는 손을 내밀고 전갈칩에게 작별 인사를 했어요. "이제 우린 떠나야 해. 도와줘서 고마워. 잘 지내!"

"잠깐! 잠깐만!" 전갈칩이 외쳤어요.

전갈칩의 이런 반응에 다들 좀 불안했어요. 칩을 수거하는 로봇이 막판에 마음이 바뀌어서 도망치는 걸 막으려는 걸까요?

"날 여기 두고 가려는 거야?"

네 로봇은 이 말에 동시에 웃음을 터뜨렸어요.

로봇들은 함께 숲으로 향했어요. 로비가 맨 앞에 섰고 그 뒤를 제나, 마키가 따라갔어요. 끝에는 전갈칩이 있었고요. 이제부터는 숲이 이들의 집이 될 거였어요. 이들은 모두 이 제껏 한번도 해보지 않은 많은 일들을 하게 되리란 건 확실 했어요. 용기가 준 삶은 정말 다채로우니까요. 다람쥐에게 줄 도토리를 모은다든가, 둥지에서 떨어진 아기 새를 다시 둥지에 올려준다든가, 손을 오목하게 만들고 물을 담아 목말 라하는 토끼에게 내민다든가, 뒤집어진 거북이를 바로 해줄 수도 있겠지요. 말라버린 웅덩이에 물이 다시 차도록 도랑을 새로 팔 수도 있겠고요. 인간이 하지 않은 일들을 하며 새로 운 시대를 열 수 있을 거였어요.

로봇들은 걷고 또 걸어 숲속 깊은 곳에 달했어요. 빈터가 나오자 걸음을 멈추고 서로를 축하했어요. 마키는 몇 미터 떨어진 곳에서 살짝 흔들리는 돌멩이를 발견했어요.

"마법이 일어나는 장소에 온 것 같아. 저길 봐, 돌멩이가 움직이잖아."

다들 그쪽으로 시선을 돌렸어요. 로비는 돌멩이에 다가가더니 몸을 구부려 돌멩이가 목에 걸고 있는 목걸이를 쓰다듬었어요.

"너도 우리와 함께하게 되었구나."

거북이는 목을 죽 늘리더니 로비의 손가락을 킁킁거렸어요. 거북이는 여전히 로봇들이 하는 말을 알아듣지 못했지만 자기 본능에 따라 로봇들과 함께했어요.

몇 개월이 지나고 도시에는 어떤 소문이 퍼졌어요. 숲에 이상한 로봇들이 모여서 산다는 소문이었어요. 발전기도 있고, 칩 수거 로봇도 있고, 청소 로봇도 있고, 쇼핑 카트가 달린 로봇도 있다고 했어요. 이 희한한 모임에는 반려동물도 있었어요. 고양이도, 개도, 앵무새도 아니라 거북이를 키운다고요. 게다가 거북이는 드론처럼 날기도 하고 목에는 병뚜껑 목걸이를 걸고 있다고 했어요. 그 이유는 아무도 알지 못했지요.

로봇들이 배터리를 충전할 때가 되면 발전기가 도움을 주었어요. 발전기 연료가 다 떨어지면 칩 수거 로봇이 5리터 연료통을 가지고 건축 기계가 있는 쪽으로 가서 연료를 채워 왔어요.

이 특이한 로봇 모임은 숲에서 범죄를 저지른 이들을 처벌하는 데 망설이지 않았어요. 불법으로 땅을 파거나, 나무를 베거나, 다이너마이트를 터뜨리거나, 허가를 받지 않고 집을 짓거나 냇물에 유독성 폐기물을 버리는 사람들을 그냥 두지 않았지요. 모임의 지도자는 로비라는 청소 로봇이었어요. 사실상 새로 등장한 로빈 후드 이야기라고 할 수 있는 그런 상황이었어요.

도시에 있는 사람들은 숲속의 기이한 모임을 지지하게 되었어요. 모두 이들 로봇의 이야기를 즐겨 들었지요. 로비의 모임이 작은 친절을 베푼 사연이 도시로 전해지면 굉장한 영웅담으로 변했어요.

하루는 볼리의 선생님도 특이한 모임을 언급했어요. 선생님은 로봇들이 숲에 난 불을 재빨리 껐다고 학생들에게 알려주었어요. 아이들은 선생님의 말씀에 흥미를 보이며 집중해서 들었어요.

참을 수 없었던 볼리가 손을 들었어요. "선생님, 저 로비 알아요!"

같은 반 학생들은 키득거렸어요. 볼리가 지어낸 이야기라고 생각한 선생님은 미소를 지으셨어요. "그렇다면 언제 우리에게 로비를 소개해 주겠니? 이제 수업 시작하자."

볼리는 자기 자리에 앉았어요. 남들이 자기 말을 믿어주지 않아도 볼리는 상관하지 않았어요. 볼리는 로비가 고물상에서 도망쳐 나와 숲에서 살고 있다는 것으로도 기뻤어요.

볼리는 언젠가 소풍을 나갔을 때 로봇들을 다시 만나게 되기를 기대하면서요.